异世界居酒屋 ②

[日] 蝉川夏哉 著
刘剑 译

天津出版传媒集团
百花文艺出版社

图书在版编目（CIP）数据

异世界居酒屋. 2 / （日）蝉川夏哉著；刘剑译. —
天津：百花文艺出版社，2021.1
ISBN 978-7-5306-7923-4

Ⅰ. ①异… Ⅱ. ①蝉… ②刘… Ⅲ. ①长篇小说—日
本—现代 Ⅳ. ①I313.45

中国版本图书馆CIP数据核字（2020）第193618号

异世界居酒屋.2

YISHIJIE JUJIUWU.2

［日］蝉川夏哉 著　刘剑 译

出 版 人：薛印胜
责任编辑：赵　芳　邱钦雨
装帧设计：**UNLOOK · @广岛Alvin**
出版发行：百花文艺出版社
地址：天津市和平区西康路35号　**邮编**：300051
电话传真：+86-22-23332651（发行部）
+86-22-23332656（总编室）
+86-22-23332478（邮购部）
网址：http://www.baihuawenyi.com
印刷：三河市中晟雅豪印务有限公司
开本：870×1280毫米　1/32
字数：230千字
印张：9.5
版次：2021年1月第1版
印次：2021年1月第1次印刷
定价：32.00元

异世界居酒屋
isekai izakaya "NOBU"
2
相关人物
歌唱美酒美食的吟游诗人
库洛温凯鲁
风趣幽默的年轻妻子
赫尔米娜
古都附近有领地的男爵
布兰塔诺
来自森林的药师
英格立顿
阿鲁努家的厨师
伊萨库
一心想成为诗人的浪子
阿鲁努
洗碗的服务生
艾珐
亲切的掌柜
矢泽信之（阿信）

不适合留小胡子的卫兵
尼古拉斯
水运公会的会长
埃莉奥诺拉
童颜般的卫兵
魔鬼中队长
贝特霍尔德
英格立顿的弟子
卡米拉
有优秀味觉的招牌服务生
千家忍（小忍）
流浪的女佣兵
莱昂蒂娜

金柳小舟
水运公会
巴斯克霍夫商会
市参事会会议厅
广场
教堂
水龙之鳞
水运公会
教会

古都
Map of Aetheria
英格立顿的草药店
居酒屋阿信
卫兵训练营
艾珐的家
乌姬舟歌
水运公会

目录

老样子

“今晚就去那家店吧。”

一听到这句话，汉斯的肚子就叫了起来。

茶色的卷发，硕大的眼睛，略显稚嫩的相貌，丰富的阅历，他就是这样一名古都卫兵。

严格的训练之后，当然会腹中空虚。

同是卫兵兼好友的尼古拉斯所提到的那家店，名叫“居酒屋阿信”。

仅是想象一下店内融洽的就餐氛围和香气四溢的食物，肚子就会不自觉地叫起来。

严苛的训练之后，大家都是饥肠辘辘。找准这个时机提出建议，汉斯无论如何都会同意。

“知道了，那就去吧。”

“啊，还真是少见啊。你不是说过最近要节省开销吗？”

“在这样的夜晚听到这样的建议，哪有不去的道理？”

不知何时，夏日已悄然而逝，秋虫的鸣叫之声在耳边回荡。

今夜凉风簌簌，若能在店中享受一顿热乎乎的美食，想来晚上一定好眠。这段时间节省出的金钱，能使自己在店中消费很宽裕。偶尔奢侈享受一下自己喜爱的美食，也不算是什么过错吧。

黄昏之际步行于大街之上，便可闻到附近酒馆内传出的烹煮食物的香气。

这香气来自最近古都流行的“奥丁火锅”。

满满的一碗价格半月银币一枚。又暖和又饱足。奥丁火锅与鳗鱼烧都成为古都人气极高的菜品。

将各种食材放入汤中煮熟——虽然一直传说这是北方传来的烹饪方法，可汉斯觉得这都是其他酒馆在模仿“居酒屋阿信”的关东煮。

虽然锅中所煮的食材大体相同，可古都其他酒馆中出售的煮物没有哪家能达到“居酒屋阿信”的水准。

由于是自己经常光顾的酒馆，若是店里的料理能广泛传播，自己也会很高兴的。

而酒馆的掌柜并没有以什么“元祖”“本家”为名号，他如此正直的品德，也是汉斯喜爱这里的理由之一。

“居酒屋阿信”是年初在马夫宿舍大街开店营业的。店里所提供的都是些见所未见、闻所未闻的菜肴。

不过店里每道料理都很美味，瞬间赚到人气也并非偶然。汉斯与尼古拉斯两人是店里的常客。不过，汉斯最近光顾的次数明显减少了。

“说起来，汉斯你好像将工资全部攒起来了，没什么开销。发生了什么事吗？”

“一会儿吃饭的时候好好聊聊吧”

“好吧。”

原本是空中双月映照古都，可大的雄月今日并未出现。

小的雌月呈镰刀形弱弱地映照着夜晚的道路。这样的夜晚本该举灯而行——花上不多的费用，雇人在前方持灯照亮脚下之路，直到目的地。这也是古都晚上常见的景象。

从练兵场到“居酒屋阿信”距离很近，近到不用雇佣举灯之人。

由于已经有段时间没有光顾，汉斯的期待越发高涨。

在看到那块大大的木制招牌之前，店内的香气已经飘入鼻腔。

今天要点些什么呢？仅想想，就已垂涎欲滴。尼古拉斯最近应该时常光顾，不如先看看他点什么再做决定。

汉斯想着，将手把到格子门上，一气拉开。

“欢迎光临！”

“……欢迎。”

迎面而来的，除了暖暖的空气，还有小忍元气满满的问候与掌柜程式化的招呼。洗碗的小女孩艾珐与中队长的新婚妻子赫尔米娜也在店内。

“小忍，我和尼古拉斯一起来的，还有空位吗？”

“正好有两个空位。”

在小忍的指引下，两人坐在了柜台前的空位上。

毛巾和小菜筑前煮被送到面前。虽然毛豆也不错，不过现在这种时节暖暖的小碗最令人欣喜。

同样给人以惊喜的，是小碗中那大大的芋头。

“您想吃点什么？”

听到小忍的询问后，尼古拉斯满脸骄傲地说道：

“‘先来一杯生啤’！料理的话就老样子。”

老样子？

这老样子是什么料理？这道料理此前可没在“居酒屋阿信”听到过。可能是新的菜品吧。

“汉斯先生点些什么？”

“啊，那我也老样子吧。”

“好的，老样子。”

小忍回答时满意地点了点头，随后转身传递给掌柜。这个老样子究竟是什么料理呢？

汉斯看了一眼坐在身边的尼古拉斯，而对方只是“嗤嗤”地笑着，丝毫没有说明的意思。

用餐完毕的食客起身离席，新的食客入座。古都居民若是看到店内拥挤，便会离去，可“居酒屋阿信”是个例外。食客们会在店前等待，就是为了享受一下在其他地方享受不到的美味料理和美酒。

随后而来的，是包税人葛诺特。

宽阔的额头配上单片眼镜。

作为苛刻的包税人，葛诺特在古都可是人见人嫌。不过在“居酒屋阿信”遇到困难时出手相救这件事，倒让常客们对他的印象成了“关键时刻可以依靠的男人”，多少正面了一些。

更可贵的是，他本人并没有居功自傲，完全一副淡然无谓的样子。

“小忍，我要红葡萄酒，其他的老样子。”

听到这句话，汉斯不禁要叫了出来。

自从上次的事件后，葛诺特每次来酒馆一定会点厚切培根那不勒斯面。除此之外的料理这是他第一次点吧。

再后面进入店内的是艾德温助祭，他也要求老样子。

铁匠霍尔格，也是老样子。

如此有人气的料理，必定美味异常。

可这些饮食习惯各有不同的常客们统统点了同一道料理，真是超乎想象。

“先来一杯生啤”上桌，汉斯及尼古拉斯两人双双举杯。

冰镇的拉格啤酒从喉咙滑落，美味和苦味也仿佛将一日的辛劳溶化。生活的意义似乎就在这一杯啤酒当中。

“汉斯，你这下该告诉我为什么攒钱了吧？”

尼古拉斯一面夹起筑前煮中的鸡肉，一面问道。因为好奇，他的表情十分夸张。

多半是因为女人吧。

尼古拉斯是出了名的万事通。若是汉斯真有喜欢的女子了，他会想办法让对方说个清楚。

明天下午古都卫兵中队队员的训练范围将扩展至附近村落。环绕古都的撒库努辛普鲁库侯爵领地一带似乎没有自己不认识的人。

“很遗憾。不是尼古拉斯你想的那样。”

“喂，你觉得我想的是什么？”

“你是想知道我有没有女朋友吧？”

汉斯说着，拿起筷子夹起一块芋头。

虽然说最好的要留到最后再吃，不过将最好的食物先吃掉是自己儿时就养成的习惯。由于家里还有一位兄长，一不留神好东西可能就被对方吃掉了。

好吃，而且已经完全入味。

黏黏的芋头在口中裂开的一刹那，真是幸福的瞬间。

“不是因为女人？”

“看看，你果然是这么想的。”

“说到钱就意味着女人，说到女人就意味着钱。不是吗？”

没想到尼古拉斯会说出如此肤浅之言，汉斯一时语塞。站在一旁的小忍赶紧解围般地说道：“身为女人，这话可真令我受伤啊。”

美艳的黑发加上黑色的瞳孔，魅力女性小忍就是“居酒屋阿信”的招牌服务生。

“啊，不是啊，小忍你不是这样的女人。不过男人心中燃起攒钱这种念头时，大多数情况下都会有一个女人的身影，这是常理啊。”

“这种常理，我还真没听说过。”

“哈哈哈，真是输给你了，小忍。”

尼古拉斯挤出一丝尴尬的微笑，他应该是刚刚与女友分手。

很容易被误认为是个玩世不恭男人的尼古拉斯，实际上出奇的专一。

在他的理念中，在与一位女士交往的期间内，自己是绝对不会染指其他女性的。由于结婚欲望比较强烈，尼古拉斯非常期望能够遇到真爱，这甚至在卫兵之间也成为佳话。

“那么，我继续刚才的话题。汉斯，你攒钱究竟是为了什么？”

“我……想辞去卫兵的工作。”

话刚出口，汉斯内心便涌出微微悔恨。自己的心里还没做好将此事说出来的准备。

尼古拉斯的反应要比想象中冷淡。

“辞职吗？也对，训练如此艰苦。”

“训练还好，也不是没有意义的苦练。为了在战场上生存下来，才有这样的训练啊。”

“难怪汉斯你每次训练都很认真啊。”

“认真有什么好的。”

汉斯诙谐地说着，目光非常自然地转到了掌柜的手上。

掌柜究竟会做些什么料理呢？汉斯按捺不住内心的期待。

“你说要辞职？是想回去继承玻璃匠老爹的工作？”

“我可不当什么玻璃匠，我想做些完全不同的工作。”

继承家里的事业，当一个玻璃匠，在古都生活的话是颇有前景的。

汉斯的父亲洛伦兹本也是经验丰富的玻璃匠，由于技艺高超被委任为古都玻璃匠公会的会长。虽然汉斯现在已经过了学徒的最佳年龄，若是真想走与父亲相同的道路，家里多少还是会给些帮助的。可汉斯不想沾家里的光，他在卫兵队挣工资，想要凭个人的能力生活下去。

而且，他也有自己非常想要做的事。

“原来如此。卫兵也不是个非要做到死的工作啊。”

“尼古拉斯也应该未雨绸缪，多想想为好。”

正说着，汉斯面前咚地放了一个食盘。

他知道这道菜——南蛮炸鸡。

如果点炸童子鸡的话，可以让店里分出一半炸鸡块淋上塔塔酱。可最初点的若是南蛮炸鸡，店里就会使用与炸童子鸡稍稍不同的油炸方法进行烹饪。

那种烹饪方法做出来的料理也很美味。另外更有在面衣上沾浸不同粉料的龙田炸鸡，味道也非常不错。

而为坐在餐桌旁的葛诺特上的料理，是那不勒斯面。

葛诺特四处宣扬“居酒屋阿信”的那不勒斯面有多美味。甚至出现了从圣王国进口面粉的商会。面粉由于容易保存，也受到不少好评。

“这就是，老样子？”

虽然每一样都非常美味，不过这都是之前见过的料理。

“啊啊，什么嘛。汉斯你好像误会了什么。所谓老样子，就是自己经常点的那几道菜。我最近也被喜欢吃鸡肉的贝特霍尔德中队长传染了，所以一个劲儿地点南蛮炸鸡。”

一听到贝特霍尔德的名字，正在他席服务的赫尔米娜转过头来对这边笑了一下。魔鬼中队长贝特霍尔德能娶到这样的老婆真是走运啊。

“这样说来，对葛诺特就意味着那不勒斯面，对艾德温助祭就意味着咸鱿鱼吗？”

“正是。小忍将店内常客经常点的料理全部记下来了。”

“她可真厉害啊。”

这么说来，会给自己上什么呢？

汉斯一面喝着手中的第二杯“先来一杯生啤”，一面细细思考着。

“居酒屋阿信”的料理都很美味。由于自己对每道料理接受度都很高，店里应该不知道自己对什么情有独钟才对。

最近常吃的料理，真的很难确定。为了节约金钱，来店的次数骤减，真是可惜，真是失败。若是能来得频繁些就好了。

点菜时要求老样子的料理，上菜时就是老样子的料理，这究竟是种什么感觉呢？是不是有种作为店内一员被认可的感觉？在汉斯思考的时候，自己面前被摆上了一个小碗，碗内规规矩矩地放着球形食材。

“是芋头。”

“这道无汤芋头用的是煮到水干的做法。很好吃的。”

“可是，小忍，我之前没点过无汤芋头啊……”

“啊，对不起。不过，汉斯先生，不管你吃什么菜，最先吃的总是芋头。”

没想到小忍如此细心，真是令人高兴。看了一眼掌柜，他也轻轻地点了点头。

这正是阿信的伟大之处。比起单单提供平时常吃的料理，汉斯此刻的体验感要好上万倍。真的有种我也是店里一员的感觉。

他将芋头送入口中。

口感比筑前煮更浓郁，芋头在口腔中黏着感尤为突出。而食用芋头时，无论从哪里开始，哪里结束都是一样的，这种就餐体验也令人喜悦。

最好吃的东西放在最后享用，这个梦想一定要实现。

“汉斯你吃得可真香啊。给我也来一个。”

“不行，这是我的无汤芋头。”

“不行？你又不是小孩子。”

“尼古拉斯先生也来一份？”

小忍的建议正中尼古拉斯下怀，他微微点了点头。

“无汤芋头，给我也来一份。然后，还有烧酒。”

烧酒！还有这个。比起“先来一杯生啤”，烧酒确实与芋头更配。

光是这样一想，口中就好像有了烧酒的美味。

“小忍，我也要一份烧酒。”

“好的，请稍等。”

今天的烧酒牌子好像叫“白寿”。

下了订单后才开始加热，准备烧酒需要些时间。而这等待的时间也令人期待高涨。

酒壶被送至汉斯面前后，他先将尼古拉斯的酒盅倒满。

在古都，倒酒毫无疑问是女招待的工作。可不知什么原因，在这家店大家都是习惯相互倒酒的。

在尼古拉斯回礼为自己倒满酒后，汉斯便开始对芋头大快朵颐。

当口腔中芋头的味道扩散开来的时候，他又会不失时机地喝上一口烧酒。

真是美味啊！

因为烫热而香气四溢的烧酒与芋头的甘甜口味融为一体，在口中翻滚流动，真让人停不下来。

汉斯猛地扭头一看，艾德温助祭也在点无汤芋头。

汉斯此刻感到自己与柜台产生出了某种奇妙的“一体感”。

芋头送入口中，饮入烧酒，真是美味无比的组合。令人情不自禁地希望能将这样的幸福感永远继续下去。

“汉斯先生，试试这个味道怎么样？”

柜台内侧的掌柜说着，将一份盛有球形天妇罗的料理递了过来。

虽然至今已经吃过不少种类的天妇罗，可这种球形的尚未见过。

“这是用芋头做的天妇罗。”

小忍解释道。

这道料理究竟是何种味道？从外表可看不出来。

“芋头天妇罗，请蘸盐食用。”

“居酒屋阿信”出品的天妇罗，既有蘸鱼露汁食用的，也有蘸盐食用的。

蘸盐天罗妇的味道往往比较淡。

按照小忍的建议，汉斯将天妇罗稍稍蘸了些堆在盘子边角的食盐，随后咬了一口。

“啊……”

汉斯不禁惊叹了一声。

芋头入口后，与想象中的味道大相径庭。

若论那种松松软软的感觉，眼前这份天妇罗芋头要比炸土豆的口感更强。更与刚刚无汤芋头的口味完全不同，简直就像是两种食材做出来的料理。

“喂喂，怎么样，这个味道怎么样？给我也尝尝啊！”

这次尼古拉斯根本没等汉斯回复，便将天妇罗一把夺了过去。

“啊……”

他发出了与汉斯完全相同的感叹声，眼睛也眨了两三次。看样子是对描述美味词穷了吧。这个，真好吃啊！

“看到两位的反应，看来这道菜可以加入菜单了。”

掌柜说着，用两个竹签各扎了一个食材想试试炸物的火候。一个他自己吃，一个递给了艾珐。

“怎么样，艾珐？”

汉斯听后扭头向艾珐望去，只见如同栗鼠般双手捧着天妇罗的艾珐一面吃一面使劲点着头。

“这个真不错。”

这肯定的语气有种奇妙的滑稽感，引起了店内阵阵欢笑。

除了芋头，尼古拉斯又点了其他种类的天妇罗，进而点了新的烧酒。

一种种食材被送入油锅，耳边响起令人舒适的“咔咔咔”油炸声。

“掌柜，新的料理也很好吃啊。”

掌柜听到赞美后腼腆地笑了，他压低声音对汉斯说道：

“我希望大家不要总说老样子，而是能多点些新的料理。”

像掌柜这样手艺高超的料理人，也会有烦恼吗？

可仔细想想的话，还真可能会发生这样的事。

若是做出美味的料理，常客就会总点同一道菜。这样一来，即便是研制出了新的菜肴，也不会有食客点单。

这是理所当然的结果，也是令人苦恼的问题。

到了冬季“居酒屋阿信”开业就刚好一周年了。一年的食材循环一次，也许现在正是关键之时。

虽然自己对料理人的事情不是很清楚，不过掌柜一定有很多新的食材与新的烹饪方法想要试一试。

汉斯想着，一口干了酒盅里的酒，随后呆呆地盯着那只已经空空如也的酒盅底。

自己那个辞去卫兵工作，经营料理店的想法，最终还是没能说出来。

女佣兵

仰望苍穹，两只长尾鸢正于空中飞舞。

莱昂蒂娜·德·卢韦尔一屁股坐在了铠甲箱上，擦了擦额头的汗水。

平坦的丘陵上是一望无际的麦田。在夏日斜阳的照射下，略显干枯的青草映出阵阵浮波。对面高耸的城墙内便是帝国北部最大的要冲之城——古都。

身为女子的莱昂蒂娜虽然对自己的体力多少有些信心，但这两日的旅途劳顿真令人疲惫不堪。

纵然自己用剑击退了突袭而来三名野盗，可坐骑却在这混乱中跑掉了。

先祖传下来的铠甲自然没有丢弃的道理。用麻绳将铠甲箱捆好，暂且一路向西，沿道路自然前行。途中虽遇到不少马车，但每辆马车上都负荷满满，根本没有地方容纳自己这名弱女子和铠甲箱。

带着对帝国人势利眼的愤愤不平，莱昂蒂娜步行了许久，好不容易走到了能遥望古都的一座小丘上。

虽然酷暑炎炎，不过这习习凉风倒是令人惬意。

轻拂脸颊的凉风不禁使人想起故乡东王国的海边，莱昂蒂娜的脸色舒缓了不少。

既然城堡近在眼前，自然不会在野外过夜。

再忍耐一程就好，女佣兵极不情愿地强打精神，今天自己无论如何都想在床上睡个舒服觉。

当莱昂蒂娜蹒跚行至古都东门时，太阳已经西斜。

也许是对拖着铠甲箱的女佣兵感到惊讶，那个下颌留着粗糙胡须的年轻卫兵没有让她通过。

这样下去太阳落山后就只能寄宿荒野了。莱昂蒂娜注意到对方似乎是想要讨点好处。

“你是想赚点外快吗？”

“工作，这是工作。将你这个来历不明的佣兵放进来，万一出了什么事，没法向上面交代啊。”

“现在不能入城吗？”

“现在当然没关系了。北方三领邦的问题总算告一段落，人和货物的往来也多了起来。即便有什么小古怪，也不能拒绝对方进城。”

这是事实。

刚才与莱昂蒂娜擦身而过的马车上堆积着小山似的货物。这便是古都与北方贸易转好的兆头。

北方三领邦，特别是温德鲁马克伯爵家解雇了大量佣兵，这是个大事件。

只得到协议工资一半的佣兵们纷纷返回故乡，并会在沿途住宿。拜此所赐，沿途各家旅店在一时间生意兴隆。

“那你也会免费放我进去吧？”

“你虽然是佣兵打扮，不过其实是骑士身份吧。”

“……真是厉害啊。”

“从铠甲箱的外形看来，这是东王国南方的东西。从穷人那收不上来的份钱，自然就要从富人那里补回来。”

“真没想到你连这个都知道。你可真是个有见识的人。古都卫兵都如你一样吗？”

在收到了比正规入城费稍多金额的银币后，这位“胡须卫兵”稍稍耸了耸肩膀。

“什么话。古都中如此聪明的帅哥除了我尼古拉斯还有谁啊？”

“还真是。既然聪明如你，能不能顺便告诉我哪家店能喝到美酒？我现在真的都快饿死了。”

莱昂蒂娜这句有些俏皮的问话，令尼古拉斯嘴角微微翘起。

“酒馆的话，我知道一家不错的。”

莱昂蒂娜向卫兵道谢后，便顺着其所指的道路前行。最后走到了一条氛围不错的大街上。

虽然街道两旁接待马车夫和旅客的旅馆鳞次栉比，但这里也有完全可以满足佣兵如莱昂蒂娜要求的旅馆。

在这一排排的建筑中，有一家居酒屋显得与众不同。

其他店都是石制的，唯独这家店是以木头和灰泥建造的。

酒馆的名称是“居酒屋阿信”。

一块巨大的招牌上书写着这几个异国风的文字。

“这就是那个卫兵介绍的酒馆吧。”

莱昂蒂娜不禁怀疑卫兵是收了店里的好处才会四处推荐。

反正都已经走到这里，也没力气再去找别家。莱昂蒂娜大大方方地进入店中。

店内有种奇妙的亲切味道，莱昂蒂娜的肚子叫了起来。

“欢迎光临！”

“……欢迎。”

刚一打开格子门，最先给人惊喜的是凉爽的环境。

虽然不知道店家用的是什么方法，但外面的酷热感在店内几乎感觉不到。还有就是店内充满令人感觉亲切的香气。

虽然店内此时已经客满，不过刚好有位客人起身离开，莱昂蒂娜赶紧坐了过去。

如同攻占阵地般落座的莱昂蒂娜将铠甲箱放在脚下，举手示意服务生。

她现在最需要的就是酒，还有食物。

若是不能解决腹中之需，那更无法实现来古都的真正目的。

“这是小菜。”

黑发的可爱服务生端来的，是盛在小碗中的贝类煮物。

虽然贝壳已被去掉，但在海边长大的莱昂蒂娜还是立刻分辨了出来。煮的时候可能加了酒，味道真的很香。

小菜并不是这道料理的名字，可能是正餐前食用的开胃菜吧。

“作为居酒屋的前菜，这道菜还算不错。”

“非常感谢。今天的小菜是煮鸟蛤，很美味的。”

“煮鸟蛤吗？”

莱昂蒂娜带着某种佣兵特有的豪爽，用手指拿起碗中的煮物送入口中。虽然是贝类，可这软软弹弹的口感有点像鸡肉。

料理人的技艺也十分高超。自己完全没有感觉到贝类的腥味，汤底也调得不错。

这样的话，别说这一小碗，有多少都能吃完。

“真不错。小菜都很精致的酒馆一定错不了。请给我来一杯艾尔啤酒。”

“好的，请稍等。”

这轻轻的一个鞠躬也是雅韵十足。

作为东王国的骑士，莱昂蒂娜也在社交界混过一段时间，可如眼前这位女服务生这样优雅的仪态还真是不曾见过。

“还好找到了家好店。”不禁心中暗喜的莱昂蒂娜拿起第二个乌蛤。

“这是生啤。”

“生啤？这名字以前没听过啊。是这里的艾尔啤酒？”

“不，这是拉格啤酒。”

“拉格啤酒……”

莱昂蒂娜只听说过这个名字。

听说这种啤酒与艾尔啤酒的酿制方法不同，而且帝国垄断其酿造和流通权。

忽然想起来，前段时间自己无意间听到过拉格啤酒解禁的消息，可真正喝到这却是第一次。

“真令人吃惊啊。”

冰冰凉的拉格啤酒滑过喉咙的感觉真是难以言喻的美妙。

啤酒的清爽浸染至莱昂蒂娜那被疲倦所深深束缚的身体之中。

“很好喝吧，这是‘先来一杯生啤’。我也觉得这个比艾尔啤酒好喝。”

与刚才的女服务生不同，另一位亚麻色头发的服务生羞羞地说道。

“刚才我听到你说生啤，这个‘先来一杯生啤’就是拉格啤酒？”

“是的。常客们都这样说。”

有回头客，这可是评判一个酒馆好坏的最低标准。

将旅人或者生客当成冤大头而榨取金钱的家伙，绝不是什么好人。

“客人，您想吃点什么？”

“只要不是土豆，其他什么都好。那玩意我在北方的时候真是吃够了。”

温德鲁马克伯爵是位对佣兵伙食非常关切的贵族。不过他给佣兵吃的都是土豆。在东王国生活一辈子也吃不到的土豆，莱昂蒂娜却在北方日日食用。

但比起土豆的事，此刻蹿入鼻腔的香味更吸引人。

“刚才我就想问……这香味是？”

“啊，您问这香味？您说的是哪种香味？”

“哪种？”

“您指的是我做的清鱼汤呢？还是掌柜烹饪的改良版普罗旺斯鱼汤呢？两道菜都很美味。”

顺着服务生手指的方向一看，木牌上赫然写着“赫尔米娜特制清鱼汤”和“掌柜特制普罗旺斯鱼汤”。

木牌下方“四十”的记号好像是人气投票。现在看来清鱼汤暂时领先。那位名叫赫尔米娜的女孩，料理的手艺好像也不错。

“清鱼汤这名字我能明白。是用鱼骨炖汤再加上盐吧？可那道改良版普罗旺斯鱼汤是什么？”

“是先将蔬菜爆炒，然后与海鲜和番茄一起炖煮的料理。”

这样一说就明白了，莱昂蒂娜家乡也有类似的料理。

那里可没有什么普罗旺斯鱼汤这样漂亮的名字，村里的渔夫管它叫番茄炖褐菖鲉。那个褐菖鲉虽然外形丑陋而且骨头带毒，不过煮熟后非常美味。

“啊……那请给我来一份普罗旺斯鱼汤，再来一杯‘先来一杯生啤’。”

“好的，十分感谢。”

恭谨行礼后，赫尔米娜向柜台走去。

贤淑而开朗，这对拼杀战场的莱昂蒂娜来说简直就是另一种生物，如同乖犬与厉狼的差别。即便是自己现在学习礼节，也不知道该如何下手。

作为贵族之女，自己本该有完全不同的生活方式。

这样思前想后，莱昂蒂娜不禁心中感慨。

虽然自己是由于贫困才去当佣兵的，不过若是真想选择的话，现在可能从事的就是别的职业了。若是年轻时不太过挑剔，现在也应该嫁为人妇了吧。

不过莱昂蒂娜今天已经二十六岁，实在没有心气再次穿上华服进入社交场所。心中并非毫无留恋，真的是年龄到了不知如何是好。

“让您久等了。”

莱昂蒂娜开始用木勺细细品味赫尔米娜端来的普罗旺斯鱼汤。

“嗯……”

汤里浸透了虾、鱼和贝类的味道。

虽然与故乡的番茄炖褐菖鲉稍有不同，不过还是家乡的味道。

“这个味道真不错啊。”

“我那个清鱼汤准备的材料太多了……掌柜为了换个外观便加入番茄一起煮。”

“原来如此。还真是下了功夫呢。我老家附近也有类似的料理，不过那边会加上藏红花。”

“藏红花……吗？”

赫尔米娜非常吃惊，可能她并不知道什么是藏红花吧。这也不奇怪，一个是大陆南端，一个是大陆北端，即便是用同一种鱼烹煮的鱼汤，里面的辅菜和味道也会完全不同。

“啊，还有，我们那儿不放鱿鱼。”

“对不起。您不喜欢鱿鱼吗？”

“不是，我非常喜欢。”

赫尔米娜与鱿鱼有着剪不断理还乱的情缘。

“我是鱿鱼渔夫的女儿，可丈夫在我结婚之前却吃不了鱿鱼。”

“真的吗？这个有点麻烦。”

“不过现在已经没问题了。”

是鱿鱼渔夫女儿的话，她应该是生在港口城市吧。

不辞辛劳从远方的城市迎娶至此，却让她在酒馆工作，从这点来看，似乎不是什么好男人。这么好的女孩，愿意娶的人应该排成队。

若是自己在赫尔米娜尚未婚配时遇到她，一定会多为她介绍几个优秀的男人。

自己居然想得这么远，莱昂蒂娜不禁笑了出来。

与其为他人思前想后，倒不如为自己的终身大事多考虑。

品尝着眼前这盘改良版的普罗旺斯鱼汤，莱昂蒂娜心中忽然涌起某种不可思议的感觉。

如果自己已经结婚，应该也会为丈夫做那道番茄炖褐菖鲉吧。虽然莱昂蒂娜继承的领地很小，不过海鲜十分鲜美。

领地内人口缴纳的税金一般是金钱实物各半，所以自己可以随意享用各种海产。正因为每日面对海鲜，自己已经厌倦，所以才开始从事佣兵行业。不过离家之后却又非常怀念。

“客人，您是佣兵吗？”

“是啊，我就是佣兵啊。你真厉害，这都看出来了。”

“您不是带着铠甲箱来的嘛。只有佣兵才会如此。”

“啊，是吧。”

要是能先将这个箱子寄存在住的地方就好了，不过谁让自己今天肚子这么饿呢。

当然也有食宿都可以提供的地方，不过那种地方的料理只能填饱肚子，跟美味没有任何关系。手头宽裕的话还是想吃点好吃的。

“实际上，我是来找人的。”

“找人……吗？”

“是的。我就是为这个目的到古都来的。”

得益于前任皇帝陛下的温和外交，来自北方战乱的气息已经逐渐退去。赚钱的话，回东王国更好。

即便如此最终还是选择来到古都，因为对这里有很深的眷恋。自己甚至为此还买了不合身份的“邂逅护身符”—— 一个镶嵌青色宝石的木札形护身符。

“佣兵小姐要找人的话，也许我可以帮助您。”

“什么？帮我？那可太好了，要是真能帮上忙就算对我有恩了。”

“您要找的是旧识还是恩人？”

“不，都不是。”

莱昂蒂娜忽然发现自己在不知不觉中笑了一下。

本以为早已逝去的少女之心隐隐浮动。

“我要找的人，是一位我朝思暮想的人。”

那本应是场无聊的战斗……

在细雨蒙蒙的原野与敌军相峙，莱昂蒂娜所属的东军人数是对方军队的一倍以上。

说是“军”都有些夸大了。

领主撒小钱而雇来的佣军总数不到两百人。而对方的西军甚至连一百人都不到，简直就像是协战部队。

同是佣兵的两军对垒，若没有意外的话当然是人数多的一方取胜。

地面因为雨水而变得泥泞，泥水浸到脚踝。

最初本是农奴之间的琐碎吵架。

为了耕作地的大小，农奴间始而言争，继而刃对。此后矛盾上升至农奴的雇主之间、领主之间，甚至是领主背后的大人物之间。

不论是作为指挥的贵族，还是参战的佣兵，从一开始就没打算拼命战斗。

前提是适当对抗，点到为止。作为佣兵，如此便可酬劳入手，大喊万岁。若是一时疏忽，身体受伤，那可就庸人自扰了。正因为如此，不适合两军短兵相接的地点倒成了最受欢迎的地点。

莱昂蒂娜只想使用铁剑与敌人比画比画。

对面的敌人，是“魔鬼”。

绕过灌木林，“魔鬼”和他的同伙找准东军的软肋，疯狂进攻。

莱昂蒂娜刚开始讲述战争，酒馆内的很多客人就单手持杯围了过来。真不愧是对聊天素材十分饥渴的古都居民。大家对这种亲身经历的话题分外欢迎。

其中也有客人觉得莱昂蒂娜是想挣点路费，便将酬劳放在盘子中端了过来。不过女佣兵本人并未感到不快。

虽然现在的职业是佣兵，莱昂蒂娜原本是贵族的大小姐。

她既有教养，且爱诗歌。

虽然说不上是真正的吟游诗人，不过还是能做到兴之所至，句由意出。

洗碗少女竟也走从柜台那边围了过来，战战兢兢地想要听这引人入胜的故事，这也令莱昂蒂娜情绪亢奋。

举起第二杯“先来一杯生啤”喝了一口，这位女佣兵继续讲了起来。

打前锋的“魔鬼”凶猛无比。在他面前的士兵往往是一人被斩为两半，两人被斩为四段。很强，而且极快。

理由就是，铠甲。

虽然是短兵相接的混战，可“魔鬼”却只穿着最低规格的铠甲。

在沼泽深至脚踝的环境下战斗，铠甲确实有些累赘。

不过，一般情况下，战场上的士兵绝不会将铠甲舍弃不穿。

身无重甲，挨上一刀便有性命之忧，所以说“魔鬼”的气魄与技术的确超群。

他的目标只有一个，大将的首级。

“魔鬼”如同狙击猎物的鹰隼般插入东军阵地腹地。

“好厉害……”

听到这里，赫尔米娜不禁发出赞叹之声。

众人似乎已经沉迷于故事之中，一个个端着酒杯直直站立。

“我也算是久经沙场，而唯一一次体会到恐惧的感觉，就是当“魔鬼”出现在面前的那一刻。”

“这么说来，莱昂蒂娜小姐，你与魔鬼交手了吗？”

“嗯，交手了。”

本是敌人不会到达的战场腹地，可不知什么时候，莱昂蒂娜站立的位置竟成了最前线。本以为是最安全的地方，却被“魔鬼”精准地识破了。

莱昂蒂娜振奋精神挥起铁剑。

身上穿的是家传的铠甲。鱿鱼形状的头盔代表着祖先代代守护着的沿海领地，也是高傲的海之骑士的象征。

“什么？莱昂蒂娜小姐的头盔……是鱿鱼形状的？”

“什么嘛，赫尔米娜。接下来才是精彩之处啊。对了，我家的家徽也好，头盔也好，都是鱿鱼形状的。有点奇怪吧？正因如此，我领地下的居民煮番茄的时候才不放鱿鱼。被染红的鱿鱼可不太吉利啊。”

带着鱿鱼状头盔的佣兵，虽说天地之大，也只有莱昂蒂娜一人了吧。女佣兵本想着诙谐一把，博大家一笑，可赫尔米娜的脸色忽然变得异常难看。

奇怪的是，其他的客人也都纷纷将头扭了过去。

“喂喂。你们怎么了？我不是说了这时才是我与‘魔鬼’单挑的时刻吗？”

“……虽然……虽然有点突然……那个‘魔鬼’看到莱昂蒂娜之后胆怯了吧？”

“赫尔米娜，你知道的真清楚啊。他一定是因为一瞬间看到我是个女人，下手时有了分寸。”

作为身经百战的勇士，“魔鬼”并未使出全力。可莱昂蒂娜当时并未意识到这一点，她甚至在对战中刺伤了对方的手臂。伤口只有寸余大小，若是对方使用护臂，本不会受伤的吧。不过这次受伤可能留下了疤痕。

“我想为那时发生的事说声谢谢，所以一直在寻找那位‘魔鬼’。”

“莱昂蒂娜小姐，您知道‘魔鬼’的姓名吗？”

“这个吗……不知道。应战时非常仓促。不过要是看到他的话我会认得。这点自信还是有的。”

“是吗……”

“什么嘛，什么嘛，你怎么一下低落了。”

从刚才便一直默默烹制料理的店主，对莱昂蒂娜回复道：

“啊……那个……客人您口中的‘魔鬼’，与本店一位常客很像啊。”

莱昂蒂娜被这突如其来的一句话吓了一跳。

自己找了这么长的时间都没找到的人，难道要在今日……

“你……你说的是真的吗？”

一直没有结果的寻人行动，今天在这里有了重大进展。

如果是这家店常客的话，说不准今晚就会过来。

“啊，怎么办？！既紧张，又兴奋……不过，也不一定真是我要找的那个人啊……怎么办？赫尔米娜！”

“莱昂蒂娜小姐，请不要慌张。现在一切还都说不准。”

“不，我有种宿命的预感。今晚就会在此相会。相遇的话一定要好好感谢他。然后……然后……啊，怎么办？！”

“请不要慌张。我丈夫应该马上要来了。”

赫尔米娜这句话一出口，酒馆全场又陷入了冰冻般的沉默。

“……丈夫？赫尔米娜的丈夫吗？这个跟我有什么关系？”

由于不知原因，莱昂蒂娜语调高昂，而赫尔米娜脸上现出了对此寸步不让的表情。

“莱昂蒂娜小姐所说的‘魔鬼’，很可能就是我的丈夫。”

店内鸦雀无声，就如同一切都被阵风吹走一般。

莱昂蒂娜感到众人的视线都在自己身上。

可怜、同情、好奇。

众人的表情各有不同。不过莱昂蒂娜心中的感觉并非失恋的忧伤。

“啊，哈哈哈。”

“莱昂蒂娜……小姐？”

赫尔米娜担心地看着突然笑出来的莱昂蒂娜。可能是失恋的冲击使她的精神变得古怪吧。

“没事，没事的，赫尔米娜。原来是这样。多少年都过去了，时间长得已经将我从黄毛丫头变成了优秀的女佣兵。那个强得不像话的‘魔鬼’有了家庭，这一点都不奇怪啊。”

“是……是的。”

“我现在反而很高兴。终于知道那个人没有在某次战役中曝尸荒野。”

莱昂蒂娜将杯中的啤酒一饮而尽，随后将酒杯高高举起。

“失恋纪念！今天我请客，大家喝个痛快啊。”

人群中响起欢呼声，以及点啤酒的喊声。

以失恋纪念为理由虽然有点莫名其妙，这样的夜里狂饮之后必然会亢奋。在不知不觉中体会到了“今朝有酒今朝醉，明日愁来明日愁”的感觉。

赫尔米娜与另一位服务生，甚至再加上洗碗少女都因为突增的点单忙得不亦乐乎。

“莱、莱昂蒂娜小姐……您真的没事儿吗？”

两只手各拿着三个酒杯的赫尔米娜一边运送酒水，一面关心地问道。她那形状优美的眉毛呈八字形，好像马上就要哭出来。

“要哭的是我啊！”莱昂蒂娜一面用手掌轻拍着赫尔米娜的后背，一面将那句滑到嘴边的话收了回去。

忽略那些单点的小份料理，店主将大份料理一盘盘做好上桌，让客人可以自取喜欢的料理。

各色菜肴中有很多莱昂蒂娜没有见过的料理。不过每种都非常可口，与啤酒更是绝配。

由于是他人请客，食客们尽兴地交杯换盏。正当莱昂蒂娜望着店内喧嚣的样子时，格子门忽然被打开了。

“喂喂，怎么这么热闹啊？”

听到声音的一瞬，莱昂蒂娜那颗少女心猛地一下被点燃了。

怎可能忘记。这就是“魔鬼”的声音。

这就是多少年来梦中无数次听到过的“魔鬼”的声音。

回头向大门方向望去，确实有一位男士站在那儿。

“魔鬼”，这不是“魔鬼”吗？

真想跑上前去，可莱昂蒂娜多年磨炼出的自制力对自己叫了暂停。

“魔鬼”此刻微微困惑的表情，正与当年在战场上对莱昂蒂娜手下留情时的表情如出一辙。

“你是？”

他还没认出对面的莱昂蒂娜。

这是当然。

多年前在战场上只交过一次手的对手自然不会记得。

一丝寂寥之感环绕在莱昂蒂娜心中。

从面孔到胳膊，再到腰身，“魔鬼”仔细上下扫视着面前的莱昂蒂娜，随后试探性地小声问道：

“莫非……您就是那位戴鱿鱼头盔的佣兵吗？”

“扑通”一声。

莱昂蒂娜心跳再次加快，感叹他竟然记得自己。

对自己而言是昨日之战，可对他而言不过是极为平常的一次战斗罢了。即便是这样对方还是记得，自己心中不禁小鹿乱撞，脸颊绯红。

“果然这是这样。这个体格和身姿，一定没错。”

“你还记得？”

没理由记得。

自那之后也不知多少次冲杀战场，可再也没有相遇。

若是“魔鬼”依然记得，那将是怎样的奇缘啊。

“魔鬼”用食指指着左臂，脸上浮起了腼腆的笑容。

“女佣兵能伤到我的还真少见啊。”

听到这句话，莱昂蒂娜几乎不能直视对方的面孔。她赶忙端起那个盛有清鱼汤的大碗，掩面喝上一口。

暖暖的汤水，舒缓着疲惫的身体。

“‘魔鬼’，今天我请客，你和你太太都喝上一杯吧。”

“可以吗，鱿鱼头盔小姐？”

“我叫莱昂蒂娜。没关系的。今天我心情不错。”

“我叫贝特霍尔德。那就当作再遇强敌的庆祝吧。”

“这一杯为了再遇强敌。”

看着一口干杯的“魔鬼”的笑脸，莱昂蒂娜心中还是有所不甘。

现在的“魔鬼”还有一位名叫赫尔米娜的好太太。

在夜深之前，就离开酒馆吧。

可，只在今夜，只在今夜，希望“魔鬼”能属于自己。

莱昂蒂娜想着，又饮了一口清鱼汤。她忽然感觉这碗汤咸了很多……

古都的秋刀鱼

看着眼前凌乱不堪的几案，埃莉奥诺拉不禁微微叹了口气。

窗外天色已暗，终于完成一天工作的她，已经疲惫不堪。

几案由巨大的楢树制成，其上放有羽毛笔和墨壶，还有摞成小山的羊皮纸。

每样都是高级制品，却并非刻意追求华美。

由于工作繁重，若是手边工具不堪长时间使用而需要常常更换，反而花费较高。身为古都水运三大公会之一的“鸟姬舟歌”的会长，必须要处理的公务很多很多。

此外，她还要处理无数的通信往来。

古都公会历来都将自身与东王国或北方三领邦的人脉视作武器，身为公会会长的埃莉奥诺拉更将私人书信往来视为强有力的武器，甚至是生命线。

俏丽的容颜和妖艳的气质本就惹人非议，更有传言说埃莉奥诺拉将工作全部交给下属。虽然当事人宣称这纯属谣言，不过外人看来这种传言并非空穴来风。

原因就是她的母亲，在人们的潜意识中“有其母必有其女”。

手指已经磨出老茧。埃莉奥诺拉每日不得不书写数十封信件，这全是源自其母亲的散漫经营。

“鸟姬舟歌”公会代代均由女性执掌，但公会真正发展壮大则是在其母掌舵期间。

“金柳小舟”公会能力高超的先代会长忽然去世后，埃莉奥诺拉的母亲将对方公会中的精英骨干尽数吸纳到“鸟姬舟歌”，并一跃成为古都第二大的水运公会。

这一切，都源于女人的魅力。

在女儿埃莉奥诺拉看来，自己的母亲有着满分之上的美丽，而且母亲能最大限度地利用自己的美貌。

如果公会繁盛靠的是美貌，维持这种繁盛自然也离不开美貌。

这样一来，对男性的看法自然也发生了改变——男人不可亲近，只可利用。

正因如此，埃莉奥诺拉从小便厌恶男人。

不过她并不想让其他人看穿自己的这种感情。

虽然表面给人喜欢交际的印象，实际上握过埃莉奥诺拉手的男人屈指可数。

埃莉奥诺拉的女人味不逊其母，甚至比母亲还要漂亮，可她不会像母亲一样利用自己的美貌。

每日无他，只有工作。

这样度日的埃莉奥诺拉，最近却有了一个隐蔽的爱好。

“欢迎光临！”

“……欢迎。”

耳边响起温暖如常的问候声，埃莉奥诺拉径直奔向柜台的座席。伸出疲惫的双手接过小忍递来的毛巾，内心一阵温暖。

将手掌用力张开，感觉血液流过掌内每个角落。带着这份愉悦，埃莉奥诺拉看了看菜单。

店里的拉格啤酒确实美味，不过埃莉奥诺拉最近对冷酒情有独钟。

冰冷澄澈的味道与料理的美味一同将生活中的忧愁冲至胃的深处。这种感觉比任何料理都要美味。

“今天我要喝‘初羽樱’，还有随便来份鱼。”

“您是要烤的……还是煮的？”

“哪种呢？嗯……就要烤的吧。”

埃莉奥诺拉向端来金平牛蒡小菜的小忍点单后，店里马上端来一只精美的玻璃杯。和打好酒之后再上桌的“先来一杯生啤”不同，冷酒是当着客人的面从酒瓶里倒出来的。

咕咚、咕咚、咕咚。

伴随着清脆的声音，透明的冷酒注满杯中。只看到这不可思议的景象就已经令人欣喜。

先抿一口，用这杯“初羽樱”润润喉咙。

这个牌子的冷酒清香异常。埃莉奥诺拉口中享受着冷酒清新味道的同时拿起筷子指向金平牛蒡。

金平牛蒡脆脆的，外加使味道更加紧致的辛辣。

端起酒杯再抿上一口，将金平牛蒡的酱油味冲走，埃莉奥诺拉的口中只剩下爽口的余味。

最初埃莉奥诺拉吃饭时用刀叉。不过在意识到这样“不美丽”之后，便会尽可能地使用筷子。

总会有卫兵二人组在店里一面享用天妇罗和拉格啤酒，一面谈论着什么深刻的话题，比如北方三领邦问题，古都附近形势问题。

最近好像还涉及了魔女的话题，埃莉奥诺拉对此完全不知所以。

埃莉奥诺拉对卫兵二人组，特别是对那个下巴上留着小胡子的有些反感。

这位叫尼古拉斯的男士，给人一种花花公子的感觉。

并非说他是女人的敌人，这个男人反而令女人产生某种温柔的感觉。

可晚熟的埃莉奥诺拉却担心自己的本性被看穿，所以总感觉有些自信不足。

“让您久等了。埃莉奥诺拉小姐，这是秋刀鱼。”

“秋刀鱼吗？”

小忍端来的，是细细长长的盐烤鱼。

看起来有点像北部海域捕获的枪鱼，可又比那个要厚实。

油脂满满的鱼身呈现出漂亮的烧烤色泽，香气更是直入鼻腔。

“虽然是刚上市，不过今年的秋刀鱼真是肥美。”

“好像和冷酒也很配啊。”

埃莉奥诺拉一面听着小忍的介绍，一面点着头。她的目光直直地盯着秋刀鱼。

这个，绝对好吃。条形器皿一端还盛有萝卜泥的白色小峰。埃莉奥诺拉在“白峰”上滴洒酱油时，情不自禁地吞了一口口水。

用筷子一夹，鱼皮发出脆脆的声音，随后鱼肉便露了出来。

急不可耐地夹起鱼肉，慢慢送入口中。

好吃。真好吃。

强烈的鱼肉味道与鱼身脂肪满满的韵味相得益彰。

小时候不喜欢鱼肉，直到成人后才能领会到其中美味。

鱼肉入口后在口腔内满满扩散的脂肪，会让人的身体产生出某种区别于鱼肉的“渴望感”。身体渴望的食物，要吃到足以满足身体渴望为止。

这是种比单纯享受美食更高级的幸福。

第二次第三次咀嚼后，喝上一口“初羽樱”。

真是美味。

接下来放上萝卜泥试试。

入口后的萝卜泥非常爽口，好像要将鱼肉油脂的味道冲洗干净。不愧是道极品佳肴。

白色的鱼身中，出现了褐色的部分。

这是秋刀鱼的内脏吧。虽然心中忽然出现一丝不安，但自己相信“居酒屋阿信”不该出现如此失误。带着内脏就上桌的话，表示内脏也可以食用。

埃莉奥诺拉想到这里，战战兢兢地将筷子伸了过去。

先来上一大口。

好苦。

她条件反射般地将冷酒酒杯端到唇边。

就在那一瞬，不可思议的事发生了。

好苦，但是好美味。

从孩童时代起，埃莉奥诺拉就不太喜欢苦的味道。可秋刀鱼的内脏却可入口，而且这味道与冷酒很配。

冷酒清新的味道与秋刀鱼的内脏……

这种不可思议的调和感将埃莉奥诺拉深深俘虏。

“秋刀鱼的内脏，您喜欢吗？”

为了让客人擦拭因吃秋刀鱼而沾上油脂的手指，小忍又送来一块毛巾。

“你是说内脏吗？”

“是的。其他鱼类都要去除的，只有秋刀鱼的内脏吃起来美味。它和冷酒很配吧。”

“是的。味道非常不错。”

品相不好，味道也苦。

虽然如此，这苦苦的味道正好将冷酒的美味凸显出来。

埃莉奥诺拉好像发现了什么了不得的东西，又用筷子夹了一块秋刀鱼。

鱼肉味美，食用却很麻烦。

一阵拨弄过后，食盘上的秋刀鱼已令人不忍直视。现在还不能熟练使用筷子，不能优雅用餐这件事多少令人沮丧。

杯里的冷酒还有些许剩余。正当埃莉奥诺拉想要再点些什么的时候，身后忽然传来男人的声音：

“啊，太浪费了，还没吃干净啊。”

对方边说边向秋刀鱼的盘子内窥视。细看一下，这人正是卫兵二人组中那个留胡子的卫兵，名字好像叫尼古拉斯。

“你有地方没吃干净啊。”

说着，尼古拉斯便将脸靠了过来。

可能是醉了吧，他的呼吸中也飘着酒的香气。一张红彤彤的脸，慢慢靠近埃莉奥诺拉。

真不知上次与比自己小的男士如此近距离接触是什么时候了。

细看对方下颌的胡子，埃莉奥诺拉无意间想到了自己从前的日子。

父亲，也留着相似的胡须。

并不是教会里名义上的教父，而是自己的亲生父亲。没有向母亲询问，这是女人的直觉。一面之间，便可确定对方就是自己的亲生父亲。

在围绕着妈妈的那些男人中，他是个极不起眼的男人。

身无他长的男人。说实话，现在已经不能清楚地记得他的相貌了，只是隐约记得对方是个相貌平平的男子。

对男人毫无兴趣的母亲，却对这位男士体贴有加。根据母亲的举动，这可能就是正常夫妇该有的样子吧。

“不过，我再也夹不起来了。”

“没关系，我刚才不是说还能吃嘛。”

秋刀鱼残羹那惨不忍睹的骨架残留于盘中。

尼古拉斯并没有理会埃莉奥诺拉任性的抗议，拿起了一次性筷子，随后便熟练地将秋刀鱼进一步肢解。

“真帅啊！”别误会，这只是埃莉奥诺拉对尼古拉斯会使用筷子的评价。

夹起秋刀鱼头，轻松地用手将背骨取下。埃莉奥诺拉感觉已经吃干净的地方，又魔法般地露出了鱼肉。

随后只剩下那个从鱼头连到鱼尾的优美背骨和大量鱼肉留在盘中。

“掌柜，上次那个，能再给我做一次吗？”

“是秋刀鱼饭吧？”

掌柜端过尼古拉斯剔出来的秋刀鱼肉，将鱼肉和米饭一起投入平底锅。

小忍他们正在往一种名为“出汁”的高汤中加入调味料，然后倒入平底锅，与秋刀鱼肉拌在一起，做熟出锅。

不太精通厨艺的埃莉奥诺拉本以为是类似加了调料的燕麦粥之类的料理，可出锅的米饭充分吸收了“出汁”，颗粒饱满色泽晶莹。

出锅后的成品有点像鳗鱼便当—— 一种夏日“居酒屋阿信”十分流行的料理。

虽然与鳗鱼饭中的酱汁相比，秋刀鱼饭中的“出汁”有点特殊，不过从米饭与鱼肉这个角度解读的话，两者可以说是大同小异。

埃莉奥诺拉对鳗鱼便当十分熟悉，因为听说有美容的功效，她也曾悄悄让下属为自己购买。

但是，秋刀鱼饭与众不同的一点，就是它的品相。

坦白说，品相不太美观。

顶部散落着绿色葱花。以埃莉奥诺拉的审美而言，这看上去简直就像剩饭，说是猫饲料也会有人相信。

可……这诱人的香气是怎么回事?

尼古拉斯剔出的鱼肉加上大量米饭，无法言喻的香味从柜台内侧飘了出来。

端到面前的，是香气四溢的料理。

“虽然看上去不怎么样，不过味道很好。”

尼古拉斯大大咧咧地说道。在他的推荐下，埃莉奥诺拉用筷子夹了一口秋刀鱼饭。

蕴藏在米饭中的秋刀鱼味道，入口后一下子便扩散开来。

这个，好好吃啊。

虽然刚才作为下酒菜的秋刀鱼味道浓郁，可对埃莉奥诺拉来说，油脂还是稍稍大了些。

那这次的秋刀鱼饭如何?

由于生姜发挥的作用，秋刀鱼饭毫无煮青鱼的腥臭之味。

配料并不只有调色作用，也让口感起了变化。巧妙添加的腌茄子，也是很好的配菜。品相如此粗陋，可为何味道会如此完美。

而且，这不是那种山珍海味般的美味。这是种令人莫名怀念，莫名安静的美味。

真想永远体会这份美味。这样想着，碗里不知不觉间已是空空如也。

这个量刚刚好。多一点的话肚子受不了，少一点的话又要再点一份。

“那个，看起来不怎么样，没想到味道还是很不错的吧？”

“嗯，确实。”

确实，很美味。

为了体验各种美食，埃莉奥诺拉甚至曾将帝都的料理人请到家中。连她自己都不能相信，现在居然对品相如此之差的料理动心不已。

以后，不管部下会说些什么，自己也不会放弃光顾“居酒屋阿信”。

“你这么漂亮，我下次再给你介绍其他的美味料理。”

听到尼古拉斯这句话，埃莉奥诺拉一下便明白了。

这男人，是醉了。他恐怕没有注意到，自己说话的对象是水运公会的会长埃莉奥诺拉。

否则，他是不会如此自来熟地过来搭话的。

埃莉奥诺拉虽然分析得透彻，不过总感到些许寂寞。

自己为什么会希望与这个长着潦草胡子的男士再次相遇呢？虽然感觉有些不可思议，可并未令人不快。

“十分感激。若是有缘，自会相见。”

埃莉奥诺拉对这个与自己父亲面貌相像的卫兵郑重地回复道。

随后她掏出钱包，支付了即使加上小费也算十分充裕的饭钱。

埃莉奥诺拉看着惊讶地数着银币的小忍，轻轻地点了点头。

可能是明白了对方的心意，“居酒屋阿信”的招牌女招待小心翼翼地将银币放入钱柜。

那个长着胡子的卫兵，每天都会来这个酒馆吧？

埃莉奥诺拉一面思考着，一面悠闲地走在月光照耀的回程街道上。

夫妇与南瓜

苍穹孤高。

艾珐挺直后背，遥望着犹如鱼鳞般的云朵。

现在已经到了秋高气爽的季节。

午后的马夫宿舍大街活力满满，小贩的叫卖声与行进的马蹄声相交织，甚是热闹。

站在店前，深深呼吸。

由秋至冬，古都天空往往堆积着厚厚的云层。秋高气爽如今日，怎能不令人心生欢喜。

“小忍姐姐，今天的南瓜不错哟！”

最近一段时间，艾珐在上班前都会先去市场探探究竟，然后回来报告。

虽然也想了很多办法，希望尽自己的力量为店里提供更多的帮助，可现在这样也不知能不能帮上忙。

“南瓜吗？”

随着秋日的到来，市场上除了那些老面孔的蔬菜外，更增添了很多新的蔬菜。

南瓜是夏天的蔬菜。比起购入后立即食用，如果能将南瓜放置一两个月令其熟透，果肉的甜度便会增加。

特别是在初霜前后放熟的南瓜更是绝佳美味，绝非那种只有上了年纪的老人才会吃的蔬菜。

在夏末收获南瓜，并将这种嫩嫩的南瓜在市场上出售的农户，都是外行人。

在艾玹看来，那些将南瓜存至现在出手的农户，才是真正的行家。

古都的市场上汇集了从周围村落收购而来的各种作物，品种十分丰富。这里的南瓜形状、颜色各不相同，有十到二十种之多。

蔬菜上没有标价，交易价格全凭商量。

由于是附近村落的农民直接过来贩卖，早市买的话价格偏高，晚市时便会降价出售。

味道也好，口感也好，不同种类的南瓜各有不同。

若是有机会，真想将全部品种的南瓜都买来做成料理尝尝。可从夏天到现在，“居酒屋阿信”一直非常繁忙，艾玹的这个想法怎么也说不出口。

“赫尔米娜小姐，这附近南瓜都是怎么吃的？”

正在擦拭柜台的小忍向背后的赫尔米娜问道。赫尔米娜则用指尖抵着优美的下颌细细思考。

“南瓜的话，做汤的很多……我家乡那边也有将南瓜和鱿鱼一起煮的做法。”

从北方港口城市嫁到古都的赫尔米娜，娘家本是鱿鱼渔夫家庭。

“啊，那样做一定很好吃！”

将新鲜的鱿鱼与南瓜一起煮。成品的料理会是何种味道？

光是想想，艾玹的喉咙就动了起来。

“那个……掌柜……”

“啊，今天鱿鱼和南瓜都有采购哟。”

小忍尚未充分说明，掌柜便已心有灵犀。今天的小菜就是这个了。

菜刀翻动，瓜皮片片滑落。

由于南瓜皮有丰富的营养，所以多少会留一些在南瓜身上。

艾玹家中做南瓜料理时从不削皮。

掌柜的手法千变万化，艾玹看得目瞪口呆。

南瓜的黄色与瓜皮的绿色，相映成趣，美轮美奂。

而将南瓜切角削圆的功夫，艾玹在掌柜处理白萝卜和芋头时也看到过。缺少这道工序不仅整道料理的格调会下降，而且还会导致蔬菜不易煮透。

看到这场景，赫尔米娜不禁发出了惊叹的声音。

“在掌柜故乡，也会将南瓜做成‘夫妇煮’吗？”

“夫妇煮？”

小忍反问了一句。艾珐自信满满地解释道：

“将南瓜削圆炖煮，在这边就称作‘夫妇煮’。因为在锅里煮的南瓜之间不会吵架。”

也就是说做这道料理的话，是需要切角削圆的。

掌柜和小忍究竟是从何处而来，这件事两人从未向艾珐说起。

不过，这两人常常会对一些极为平常的事情一无所知。这可真令人惊讶。

“原来如此。”

掌柜喃喃自语了一句，可手中的动作始终没有停下来。

万事万物都有个由来。

“艾珐，谢谢你告诉我这件有趣的事。”

被小忍说了感谢，艾珐一瞬间呆住了，随后又笑了出来。教给他人知识而受到感谢，对自己来说还真有点不习惯。

“说起来，我的故乡有新媳妇吃鱿鱼对身体好的说法。”

赫尔米娜一面用指尖模仿掌柜的刀法，一面说道。

她的动作怎么看都像个年轻的妻子，令人怜爱。

“是……鱿鱼吗？”

“嗯，因为鱿鱼是女神的使者。”

在赫尔米娜家乡一带，渔夫和读书人都将鱿鱼视作女神的使者，从古至今一直对其保持着敬意。

据说新媳妇或是年轻妻子食用鱿鱼，生出来的孩子念书会很好。

说到鱿鱼，也不知道不久前来店的那位女佣兵怎么样了。

在艾珐看来，那个女生英姿飒爽，风趣幽默。

自那之后就一直没有见过，或许已经离开古都了吧。也不知是否还能再相会。

“说是渔夫的女神倒是可以理解，可为什么还是读书人的女神……”

小忍用食指抵住下颌思考着。掌柜的眼前忽然有什么一下子喷了出来。

“啊！墨！”

掌柜刚刚处理的，是与鱿鱼脚一道拔出来的鱿鱼内脏。其中自然包含墨袋。

虽然鱿鱼的墨不能写字，不过也算是墨。

看到小忍激动地打了一下手，赫尔米娜嗤嗤地笑了出来。

“赫尔米娜小姐，你可别笑我啊。”

小忍开玩笑似的抗议道。

赫尔米娜一面用指尖擦拭着笑出的眼泪，一面向小忍道歉。

掌柜虽然看上去没有笑，可嘴角微微上扬。一定是在强忍着吧。

艾珐仔仔细细地观察着鱿鱼的墨袋。

女神的恩惠，也会降临到自己弟弟妹妹身上吧。

如果今天的小菜有剩余的话，就拿些回家给母亲尝尝吧。虽然已经不是新媳妇，但作为母亲也应该能沾沾福气。

自己虽然上过几年学，可弟弟妹妹们还没有开始念书。

如果多少能有所助益的话，作为姐姐真是再高兴不过了。

掌柜将火力控制在水没有沸腾的温度，然后小心翼翼地将鱿鱼下锅。若是在沸水里煮的话，好不容易收拾干净的鱿鱼就会浪费了。

将南瓜与“煮汁”一同放入锅中炖煮，并用纸板盖在上面。

在这一系列烹饪过程中，掌柜的手法就如同呼吸般熟练。

由于食材和料理不同，烹制方法也会不同。真不知掌柜到底钻研出了多少种烹饪方法。

他似乎知晓将任何食材做成美味料理的方法。令人感觉好像魔法一样。

店中飘荡着“出汁”的香气。艾珐的肚子开始鸣叫。

小忍对着露出害羞笑容的艾珐笑了一下，继续做起开店的准备工作。

今天真是秋高气爽的一天。晚上的客人一定会很多。

“十分感谢！”

“……十分感谢。”

如往常一样最早赶到店里的肉铺掌柜，带着幸福和满足的神情离开居酒屋。

人们对鱿鱼南瓜汤的评价都很高。

小忍最初还对古都食客是否能接受南瓜的味道有些担心，现在看来这种担心完全没有必要。

食客将其视为佳肴，有人甚至要求再来一碗。

“赫尔米娜小姐，艾珐，现在可以试一下。”

客人稍稍减少时，掌柜说了这句话。

当然，一定要试试啊。

盛在小碗中的鱿鱼和南瓜品相极好，双双浸染了汤汁的颜色。

关火之后稍稍冷却一下是这道料理的秘诀。一直煮的话味道就会加重，真是不可思议。

拿起越用越顺手的筷子夹起一块南瓜，送入口中。

好顺滑。

如同分解般，南瓜在口中溶化了。

南瓜的甜味与出汁的味道浑然一体，在口腔中扩散。

“好吃……”

此前曾有人用南瓜或做汤，或烧烤，甚至生吃，但此刻的美味是之前想象不到的。这个在夏秋之间农家仓库里，咕噜咕噜转动的南瓜，竟然是口感如此柔软，味道如此上乘的食材。

再吃一口，这次要咬一口带皮的部分。

好软。味道重重地展现在舌头上。

小小南瓜在精心烹饪之下居然如此美味，真令人惊讶！

接下来，尝尝鱿鱼。

弹弹的鱿鱼，也很好吃。

整个味道被牢牢地锁在了食材之内，入口一嚼立刻四溢而出。

鱿鱼和南瓜的本身也很配。

这样的话，家里那些挑食厌食的弟弟妹妹也不会拒绝了吧。

一会儿一定请求掌柜为我打包一些带回去。

艾琺想着，向赫尔米娜望去。只见对方在试吃过后并不满足，不好意思地又盛了一碗。

“欢迎光临！”

“……欢迎。”

这时，一位客人进入店中。

艾琺慌张地将口中的南瓜吞了下去，一下被噎到了。

“啊，是老公你啊。欢迎欢迎。”

赫尔米娜一面抚摸着艾琺的背，一面打着招呼。来人正是古都卫兵中队长贝特霍尔德。

“啊，今天的训练比平时早结束。反正也没什么事儿，就过来接你，顺便喝上一杯。”

传闻中严厉强硬的中队长，这位赫尔米娜的老公，每当来到“居酒屋阿信”时，面部表情都会不自觉地舒缓很多，这也成为他专属的流言。

“十分感谢。其实不用担心的，我一个人也能回去。”

“这样说可不行。这一带晚上也不太平。”

“所以才需要卫兵队不是吗？”

“那个……说是这样说……掌柜，‘先来一杯生啤’！还有炸童子鸡块！当然，要蘸盐的那种！”

小忍笑着接受了队长这份为掩饰尴尬而说出的点单。

“好的。生啤和炸鸡。非常感谢。这是今天的小菜。”

“嗯？”

看到放在面前的小碗，贝特霍尔德发出了类似惊叹的声音。

“您不喜欢南瓜吗？”

看着赫尔米娜忧虑地将视线投入小碗之内，贝特霍尔德抱歉地挠了挠后脑勺。

“南瓜在我的故乡是特产。刚有想去吃的想法，就立刻能吃到，真令人吃惊。”

“原来是这样啊。”

赫尔米娜好像也是第一次听说。

“我生长的地方群山环绕。能吃到的食物与平原居住的人不同。在老家的时候，每年一到秋天顿顿都是南瓜，早就吃腻了。不过离开故乡后却不可思议地变得想要吃南瓜了。”

贝特霍尔德说完，笑着吃了一口南瓜。

南瓜入口后，中队长的眼睛一下就睁大了，随后他就这样三口接两口，将碗内食物完全消灭干净。

“……太意外了！这样美味的南瓜还是头一次吃到。”

“能合您的口味，太好了。”

掌柜一脸欢喜地又盛了一碗。

第二碗也非常豪爽地被消灭了。这种香喷喷的吃法让旁观者都口水连连。

贝特霍尔德曾经望而生畏的鱿鱼，现在也成了可口美味。看着好胃口的贝特霍尔德如此大快朵颐，那小碗中的美味好像也在艾珐口中复苏了。

“在我的故乡，新郎会吃很多秋南瓜。”

贝特霍尔德一面享受着南瓜，一面说道。其他四人面面相觑，这段话好像在哪里听到过……

“这有什么说法吗？”

被小忍这么一问，贝特霍尔德不好意思地向站在墙角的赫尔米娜看了一眼，继续说道：

“大概来说，南瓜也好，对妻子的爱也好，都是时间越久味道越浓……可能就是这样吧。可能……”

贝特霍尔德越说声音越小，说到最后声音几乎消失。而赫尔米娜则满面笑容地将“先来一杯生啤”的大酒杯放到了他面前。

“咔啦咔啦”的炸鸡声，在店内响起。

南瓜和鱿鱼。

艾珐心中深深感到“夫妇煮”真是个好名字。

章鱼全席

“再给我来一杯‘先来一杯生啤’！不，太麻烦了，给我来两杯！”

戈特哈德一边兴高采烈地点着啤酒，一边对面前的美食摩拳擦掌。

作为古都三大水运公会中最大的“水龙之鳞”公会的会长，戈特哈德是“居酒屋阿信”隐秘的常客。不过现在这件事已经成了公开的秘密。在从业人员多为小混混的三大水运公会中，无论是人数还是规模都傲视群雄的“水龙之鳞”，对古都的黑白两道都有着非同一般的影响力。

对这么一位大人物中意的“居酒屋阿信”出手的话，那就不能说是勇气，只能说是蛮勇了。

曾经有过一次，刚出道的小混混上门向“居酒屋阿信”收取保护费，最终没有得逞。听到流言的戈特哈德的部下们，使用了某种堪称艺术的手法训诫了对方。

正是这个原因，“居酒屋阿信”才得以顺利地为顾客提供美酒佳肴。

今天戈特哈德点的是“鳗鱼全席”。

蒲烧鳗鱼、白烧鳗鱼、鳗鱼鸡蛋卷，甚至还有鳗鱼肝汤。

浓郁的香气扑鼻而来，这气势好像闻闻也要收费似的。酒馆里的其他食客不禁吞咽着口水。

最近，“居酒屋阿信”鳗鱼料理的人气有所下降。而古都中的露天摊点或炖菜馆中出售的鳗鱼烧却开始流行起来。

戈特哈德曾让部下买来试过，不过那味道还远不能使他满意。

激烈的竞争也使各家酒馆在料理研发上下狠心。近来，不断改进的各种鳗鱼料理的味道也勉强可以令人接受了。古都居民对美食真是有着无限的热情。

对戈特哈德来说，不管怎样这都是件好事。不管哪家酒馆，也不管哪个人，只要是在古都出售鳗鱼料理，他戈特哈德都是稳赚不赔的。

古都的水利权如今我在戈特哈德手中。

“不要担心钱的事儿，多吃点多吃点。”

“好、好的……”

面前这位故作推脱姿态，却大胆地吃着白烧鳗鱼、饮着烧酒的人，正是莱茵霍尔德。他与戈特哈德一样，是水运公会“金柳小舟”的会长。不过现在生意处于低潮期，自己公会的力量也相对较弱。

戈特哈德通过威逼利诱从莱茵霍尔德的公会取得的水利权，现在为自己带来了巨大的利润，但这也令他多少感到愧疚。

虽然不是欺骗对方，不过水利权的价值在转让前与转让后可谓天差地别。

现在，古都中再也没有人将鳗鱼当作杂鱼对待了。

若是没有“居酒屋阿信”，鳗鱼这玩意还只是被做成鳗鱼冻出售的杂鱼。世事变化无常，这正应了古都那句谚语“老母鸡生金蛋”。

等不及小忍端来生啤，戈特哈德用叉子叉起一块鳗鱼鸡蛋卷送入口中。

黏黏的鸡蛋与鳗鱼中的浓厚酱汁在口中巧妙地融合在一起，产生出绝妙的调和感。

对！没错！这就是鳗鱼！

“客人，两杯生啤，让您久等了。”

不早不迟，小忍端来的生啤正是时候。刚好与蒲烧鳗鱼同时享用。

这个味道也不错。

秋天时鳗鱼的脂肪会进一步增加。相较于夏天的鳗鱼，戈特哈德更喜欢吃秋天的鳗鱼。

“莱茵霍尔德先生，鳗鱼这东西还真是美味啊。我可真想每天都吃。”

“戈特哈德先生，您说话的声音太大了。店里还有其他客人。

不过我觉得天天吃的话肯定会腻的。”

戈特哈德听他说到其他客人，不觉环视了一下店内。今天“居酒屋阿信”的客人确实很多。包括熟面孔卫兵尼古拉斯、艾德温助祭，还有戴着单片眼镜的包税人。葛诺特今天仍旧点了那不勒斯面。

其他各处则散坐着不认识的面孔。居酒屋的生意可真火爆。

那名负责洗碗的名叫艾珐的女孩与卫兵队中队长的妻子也在辛勤工作着。

“真是了不起啊。明明开店还不到一年的时间。你说是不是，莱茵霍尔德先生？”

“关键是在客人中间建立了好的口碑吧。对酒馆来说口碑真的非常重要。”

“对水运公会也一样吧。”

今年夏天，两大公会为了争夺地盘而爆发冲突。

莱茵霍尔德将自己所继承的水利权特许状转让给戈特哈德的“水龙之鳞”公会作为赔偿。在此项交易之后，两家水运公会的势力大小便完全逆转了。

戈特哈德此刻如此随意地与莱茵霍尔德交流，并不是因为在水利权事件后，两家公会的规模拉开了差距。

考虑到任何一家水运公会都不可能凭一己之力维持经营，莱茵霍尔德最近承包了一些戈特哈德分包来的工作。

即便同是水运公会，不同的公会也会有不同的专长。

作为古都水运界历史最为悠久的“老铺”，莱茵霍尔德麾下都是精兵强将。虽然他那里现在人数不足最初的三成，可若能获得莱茵霍尔德的协助，那就如虎添翼。

自从两家公会强强联合共同经营以来，也获得了主要客户，如船主或商会的广泛好评。这令戈特哈德近来心情大好。

“莱茵霍尔德先生，虽然我们之间发生过很多事情，不过现在我们双方的合作非常默契。感谢您能够不计前嫌。”

“是我该感谢您，戈特哈德先生。有了您在业务上的支持，我的公会才能稍稍喘口气。再次感谢您。”

啤酒酒杯与白酒酒盅相碰撞，两人一饮而尽。

美酒佳肴。

对疲惫的身体来说，还有什么比这更幸福的呢？

“莱茵霍尔德，我听说您今天有事情要跟我说……”

“是的，有件事正想跟您说说。”

虽然不知道具体的内容，不过戈特哈德大概能知道是有关生意的事情。

此前就探听到莱茵霍尔德经常和北方的渔村打交道的消息。虽然不能完全探知对方讲话的内容，不过大概能猜到对方想说些什么。

若是正经生意的话应该可以同意，这便是戈特哈德此刻的想法。

不过，若是对方说出什么不着边际的话，那就必须加以制止。

以莱茵霍尔德的年龄来说，他从父亲手中继承水运公会后干得还是不错的。但不可否认，年轻的他明显经验不足。

自己已经喝的晕乎乎的，在大脑没有停转之前，戈特哈德忽然生出一种想听一听年轻人想法的念头。

“戈特哈德先生您也应该知道，我的公会在古都水运行业中光是维持现有规模就已经十分吃力了。”

“确实如此。埃莉奥诺拉那边也是如此啊。”

“金柳小舟”“鸟姬舟歌”，还有“水龙之鳞”，三大公会之所以到现在还处于分庭抗礼的状态，正是由于三家雇用的人员数量都处于较低水平。

但最近一段时间，附近农村家庭中的人们相继来到古都。劳动力出现盈余状态。当然，雇用这些人员的水运公会之间也不可避免地发生了冲突。

“所以我想做些新的买卖。”

“新的买卖？还真是有魄力啊！”

“我的公会规模最小，所以船小好调头。”

莱茵霍尔德的“金柳小舟”公会历史最为悠久，名气在外。现在居然说自己的公会“船小好调头”，想来作为公会领头人的莱茵霍尔德，内心也会微微酸楚吧。

不过，戈特哈德并不想不识趣儿地说明这点。他能感觉到莱茵霍尔德也是在痛苦的反复考量之后才做出这个决定，自己忽然生出某种希望能帮助他的冲动。

“做谷物生意的艾森斯密特商会，最近在北方打开了新的局面。”

“啊，你是说他们开始经营优斯坦麦了吗？巴斯克霍夫失势后，听说那边赚了不少啊。”

那个想将“居酒屋阿信”据为己有的巴斯克霍夫商会，由于走私拉格啤酒已经解体了。

此事的余波至今还对古都的各个方面产生着影响。

“我想请对方允许我分享一部分北方市场。”

“分享一部分？没你说的那么容易吧。”

“嗯嗯。我想委托商会大量购入至今尚未在古都交易的特产。”

“你是想让我贷款给你？”

原来如此，这下清楚了。

那个买卖本是商会的业务，莱茵霍尔德想要以出资的形式参与其中。

出资的金额一部分试着向戈特哈德借贷。虽然有点碰运气的意思，不过这样做也算合情合理。当然，这生意赚钱的前景确实不错。

“非常抱歉，不过您能贷款给我吗？”

“因为要涉及金额与贷款期等事情，现在还不能一下子决定。不过我对您说的这件事很有兴趣。”

这就是戈特哈德今天对这件事所能回复的最大限度。不过，他还有一件，不，是两件事积存于心。

“莱茵霍尔德先生，我有两件事想问问您。”

“什么事？”

莱茵霍尔德带着认真的表情回复道。

“第一件事，您想委托艾森斯密特商会购买何物？第二件事嘛……放在柜台下的那个时不时会动的壶是什么？”

虽然不好意思询问先到酒馆的莱茵霍尔德，但他的脚下有一个奇怪的壶，而且这个壶不时会动一动。

“那我两个问题一道回答您。”

莱茵霍尔德将壶从地板上拿起，缓缓打开壶盖。

里面飘出了大海的气息。

“这就是在未来负责重振我家公会的产品……章鱼。”

壶盖打开后，那个东西滋溜一下爬到了地板上。

“喂，喂，莱茵霍尔德先生，这究竟是……”

这个周身黏滑、令人汗毛竖立的生物慢腾腾地在地板上爬行。

章鱼这种生物，戈特哈德是这辈子第一次看到。

鱿鱼，倒是能常见到。

负责古都守卫的卫兵队中队长贝特霍尔德原来的弱点就是鱿鱼。

两者虽然是形貌相似的生物，可这个叫“章鱼”的家伙真的能吃吗？

稀客的忽然出现，使店内瞬间骚动。食客中甚至有人惊恐地叫了起来。

就连平日在参事会以沉着冷静著称的葛诺特，虽然此刻看上去仍旧沉稳，却也端着那不勒斯面的食盘躲到了墙角。

真正波澜不惊的，是小忍、掌柜，还有艾珐和贝特霍尔德中队长那位名为赫尔米娜的年轻妻子。

这种时刻还是女性坚强。

说着，赫尔米娜熟练地将章鱼抓住，放回壶中。卫兵队二人组呆呆地愣在原地一动未动——这种人真的能够守护古都安全吗？

“抱歉，没想到这家伙还这么有劲儿。”

莱茵霍尔德一脸歉意地挠了挠头。

没有理会周围冒出一声声的抱怨和斥责，戈特哈德一直注视着掌柜的表情

那是料理人特有的眼神。

他应该已将章鱼认定为食材了吧。

如果将莱茵霍尔德的章鱼视为与鱿鱼一样的食材，那能活着运到古都这点真是让人惊喜。

死亡时间过长的鱼虾无法食用，不过若是能活着运到城里就要另当别论。这条章鱼不就保持着新鲜的状态被运过来了吗？

忽然，戈特哈德再次向莱茵霍尔德的方向望去。

虽然一直觉得这个男孩是个家境优越，举止体面的公子哥，不过刚才他是故意将章鱼放出来的吧？如果真是这样的话，那可真是个高明的点子。

自己在莱茵霍尔德的这个年纪在做什么？可能还终日在街头打架吧。

“嗯……”

“怎么样，戈特哈德先生，为什么会发出痛苦的声音？好不容易做好的鳗鱼料理就要凉了，请快点吃吧。”

“啊啊，是啊。”

服务生悄悄地将刚才因为骚动而温暾的啤酒换新。这份体贴，在别家店可遇不到。

就在戈特哈德喝冰镇生啤的空当，莱茵霍尔德向掌柜提出要将刚才的章鱼送给店里。

“怎么样，这个章鱼。您就用它给我做个料理吧。当然，章鱼是免费送给店里的。”

“那真是太好了，不过做这个需要一点时间。”

“没关系。夜晚才刚刚开始。”

周围的食客对两人的谈话也颇有兴趣，几乎都是立起耳朵在倾听。

其实大家是想试吃一下吧……

掌柜在戈特哈德等人的面前迅速将章鱼处理，并让小忍开始制作萝卜泥。

“实际上只用盐揉搓就好，不过这个章鱼身体很紧致，用萝卜泥揉搓会更好。”

平日做服务工作的小忍，擦萝卜泥的技术也很好。

不一会儿，器皿中就堆满了萝卜泥。

食客们的喉咙不停地吞咽着口水。没有人想过现在离开酒馆。

若是章鱼能做出不同种类料理，那以后喝啤酒时便又有了一个好伴侣。

艾珐将刚才章鱼爬过的地板擦拭干净，随后穿梭在食客间接受订单。

赫尔米娜也在不同的餐桌间游走，为客人送上生啤。

掌柜现在忙于制作章鱼料理，无法接受新的预定。

这样一来，食客们热烈的聊天声便充满整间居酒屋。

席间也有人谈论魔女的话题，不过莱茵霍尔德和戈特哈德对此并无兴趣。魔女狩猎那都是百十年前的事了。

“今年的收获祭似乎要比往年盛大很多啊。”

“巴斯克霍夫商会解体之后，大市的分配工作好像不太顺利。”

“不顺利也比那家伙把大部分的利润拿走要强。”

收获祭开始前几个月，各项准备工作就要开始了。与收获祭同时进行的大市分配工作对水运公会也极为重要。因此也不得不提前与市参事会的新议长马鲁斯鲁打好招呼。

一年一次的古都大市云集了帝国全境的商人。虽然可以大赚上一笔，不过也是个相当辛苦的差事。虽然近几年客流有所下降，不过由于帝国北部的危机已经解决，各方都预计今年的大市会极为繁盛。

如果大市期间的物资运输有什么闪失的话，水运公会的声誉就会受到影响。

“那章鱼和大市都要预先做好准备？”

“正是如此。这事儿要好好商量。你、我，再加上埃莉奥诺拉。”

“您说得没错。不过要在哪儿商量？”

莱茵霍尔德特意问了一个明显不需要提出的问题。从他微微上翘的嘴角来看，答案已不言自明。

“当然是这家店啊。”

正当两人商量的当空，掌柜也已将章鱼收拾完毕。

他熟练地运用着菜刀，将用清水洗过的章鱼切成薄片。

“首先是刺身。”

食盘中的刺身有如白色花朵般美丽。

刚才还在地板爬行的那只犹如深海海底长眠的异形邪神亲戚的章鱼，此刻却摇身一变成为一副引人食欲的姿态。

莱茵霍尔德用筷子夹起一片蘸上酱油送入口中。

“嗯……”

富有弹性的口感令喉咙不禁发出声音。

咀嚼之下更为鲜美。虽然已经吃过很多次生鱼刺身，可此刻却是不同的美味。

“要比在北部城市吃到的更柔软。”

莱茵霍尔德说着，又夹起第二片第三片刺身送入口中。

戈特哈德也不甘示弱的将筷子伸了过去。虽然已经有了心理准备，章鱼的味道还是出乎意料，越嚼味道越鲜美。

这个与冷酒应该很配。

“对不起，小忍，给我来点冷酒。”

“啊，给我也来点。”

第一个人点了冷酒之后，众人跟着纷纷点单。

那位被怀疑得了“非那不勒斯面不食”怪病的葛诺特，不知什么时候也单手端了杯白葡萄酒，开始偷偷品尝章鱼刺身。

两者非常配。

和葛诺特预想的一样，章鱼刺身与冷酒非常匹配。

冰凉辛辣的冷酒将章鱼的味道完全衬托出来。

原来如此，章鱼是适合做成刺身的料理。

虽然古都居民没有食用新鲜生鱼的习惯，不过若能从北方海港城市采购到活章鱼，那就另当别论了。

这也许是个很赚钱的买卖。

一会儿的工夫，刺身就已被消灭干净。就好像计算好了似的，店家在刺身吃光后，便将第二盘菜端上了餐桌。

“第二道是炸章鱼，请用吧。”

是将章鱼足切成大块快速炸制而成的料理。

也许是食用油的香气对胃有着“暴力性”的诱惑，虽然腹中已有鳗鱼垫底，此刻胃却深深悸动。

这时候需要的就是“先来一杯生啤”！这就是酒鬼戈特哈德本能的主张。

“小忍，给我来杯‘先来一杯生啤’。”

“我也来一杯。”

“我也要。”

饮下一口生啤，口中恢复清爽的感觉。

开始品尝炸章鱼。

炸童子鸡是“居酒屋阿信”的招牌菜。

眼前这道炸章鱼能与炸童子鸡分庭抗礼，看来章鱼也可以成为强有力的食材。

筷子夹起，定睛一看。

两者外观很像。

张开大口吃下一块。

酥脆面衣之下是出人意料的弹牙口感。鲜嫩的肉质，即便是做成炸物也丝毫无损。甚至可以说油炸更加深了这种口感。

吃上一口之后，戈特哈德感觉到了自己的错误。

章鱼，并不是为刺身而生的料理。

而是作为炸物而生的料理。神一定是因此而创造了章鱼。

这样想来，那怪异的外形也就可以接受了。

那种怪怪的令人不适的外形，正是希望能隐藏自己的美味不为人所知。

当然，与啤酒也很配。这盘料理与炸童子鸡相比更多了香辛料，简直完美。这个味道，着实令人停不下来。

“您还满意吗？”

将续杯啤酒端过来的小忍问道。

戈特哈德一面重重地点头，一面大声说道：

“这道炸章鱼非常不错。而且与‘先来一杯生啤’也很配。此后我会经常点这道料理。当然，鳗鱼也会时不时尝尝。可章鱼的话，一定会点炸章鱼。”

“您真的这么喜欢吗？”

“是啊，很喜欢。若是诗人库洛温凯鲁尝到如此美味的话一定会高歌一曲的。”

“诗人？”

莱茵霍尔德用胳膊肘戳了戳一头雾水的小忍，解围似的说道：

“戈特哈德先生，这样看来，您很喜欢诗歌与小说啊。库洛温凯鲁是位专写美食诗歌的吟游诗人，他还有诗集出版。”

“真是世界之大，无奇不有。”

看着一脸敬佩的小忍，戈特哈德将喝干的酒杯推给了她。

“我也不是什么有学问的人。只能靠过人的精力履行公会会长的职责。您说呢，莱茵霍尔德先生？”

“我连身体也不太强壮啊。”

莱茵霍尔德说着，将胳膊弯曲隆起显示出上臂的肌肉。戈特哈德看到对方这副样子，一把将他搂住，并执意要一起碰杯。

“没关系。虽然身体不强壮，能将公会运作好就行。您现在做的不就很好吗？”

“是……是吗……”

莱茵霍尔德含糊着回答了一句，又闷头吃喝起来。而戈特哈德则夹走了他的炸章鱼。这时，第三道料理上桌了，是个小碗。

章鱼好像与某种植物的根茎拌在了一起，两者一同被盛放在小碗的底部。

像这样大大方方放在碗里的感觉就很好，不过……

“最后一道料理是芥末章鱼。可能有点辣，请一点一点吃。”

嗯……稍稍叹了口气。

先是刺身，继而炸物，两者都是格调逐渐高企的料理，可最后这道料理着实令人沮丧。

也许，掌柜也是有所考量的吧。

可能这道料理是那种吃上一口便可轻松醒酒的菜肴。如果掌柜真是此种目的，那真是非常体贴了。

掌柜刚才虽说要一点一点吃，多少有点故弄玄虚吧。

我戈特哈德身为古都最大水运公会“水龙之鳞”的会长，能被这种小小伎俩所迷惑吗？

豪爽地夹起一大筷子芥末章鱼。

“啊！”虽然小忍想要发声制止，不过为时已晚。

一气送入口中。

“呲”的一下蹿入鼻腔。

入口后的一瞬，眉心与鼻梁间产生出某种从未体会过的痛苦。

不觉紧闭双目，饮入啤酒。

这是什么嘛？不是辛辣，而是痛感。

不过，这不是那种令人不快的痛感。

将口中残留的芥末章鱼细细品味，口中的章鱼在保留了刺身那种弹牙口感的同时，更拥有了无论是盐还是香辛料都无法提供的爽快辛辣味道。

弹牙口感与辛辣味道，二者的混合体验在口腔中慢慢扩散开来。

“您、您没问题吗？吃了这么一大口……”

看着一脸担心的小忍和莱茵霍尔德，戈特哈德没有说话。作为回应，他再次用筷子夹起芥末章鱼送入口中，这次只夹了一小口。

然后，喝一口啤酒。

真好吃啊！

料理美味，辛辣上瘾。

“莱茵霍尔德先生！”

“什、什么？”

莱茵霍尔德挺直后背，而戈特哈德则紧紧握住他的双手。

“出资的事情就这么定了。你就卖章鱼吧。多卖些，让古都一年四季都能吃到章鱼。”

“好的！”

莱茵霍尔德一面重重地点头，一面再次将啤酒一饮而尽。

他忽然感觉自己好久都没有喝过如此美味的啤酒了。

三醉人的炸鸡问答

“要加盐的。”

“不，要加酱油的。”

“居酒屋阿信”店内，两个喝得醉醺醺、脸色通红的男人正在大声争执。

看着眼前毫无意义且愈发激烈的争吵，汉斯叹了口气。

炸鸡的口味，这便是令贝特霍尔德与尼古拉斯乐此不疲争论的主题。

本应是训练过后高高兴兴的饮酒聚会，不知为何却发展到了如此地步。

这种状态不只出现一次两次了。最近一段时间，只要是卫兵队三人组同席饮酒，就一定会出现这样的骚动。这对无辜被卷入其中的汉斯来说简直就是灾难。

为什么拖着疲惫身体来到居酒屋的两人还会如此争吵，汉斯根本不想探寻其中的原因。他认为无所谓什么盐啊、酱油啊，只要能快点吃上就好。

举手示意点了第二杯“先来一杯生啤”，看来今天的争吵又要变成拉锯战了。

“居酒屋阿信”会根据情况制作不同口味的炸鸡。

其中最有代表性的，就是盐派炸鸡和酱油派炸鸡。

盐派的贝特霍尔德与酱油派的尼古拉斯丝毫没有结束争吵的意思。有时甚至在训练中都会提到此事，并且激烈地辩论一番。虽然训练为此中断对汉斯来讲也不是件坏事。可总是没完没了地重复着实令人生厌。

其实以“两种炸鸡都好吃”作为解决争执的答案就很好，可贝特霍尔德与尼古拉斯两人性格中都有着顽固的一面。一旦固执起来，争论就往往无法收场。

本应是在“居酒屋阿信”中饮酒快活的宝贵时间，汉斯却每次都因此事而烦恼不堪。

“那，今天要点哪种？”

“还真是个问题。”

“要是两种都点的话，掌柜那边也会很麻烦吧。”

若是菜品变换调料的话，就会需要更长的烹饪时间。虽说硬向掌柜要求的话，对方也会高兴地准备。可每次都点两种三种不同风味炸鸡，也是实在不好意思。最后在两人商谈之下，决定每次只点一种口味的炸鸡。

对于最近偷偷开始研习料理技术的汉斯来说自然是想两种口味

都感受一下，所以不偏不袒才是自己的最佳选项。

问题是，其他两人每次必定会因为到底是点盐味或酱油味炸鸡这件事争论不休。

汉斯此刻最明智的做法就是不介入两人的争吵。可任凭两人这样无休止争论下去的话，吃到炸鸡的时间也会无限延后。真是令人苦恼。

在这两人争执的期间，汉斯会观摩掌柜制作料理的技艺。

这是种观摩多少次也依旧会令人入迷的技艺。由于自己最近迷上了烹饪，所以对掌柜的高超技艺有所了解。

贝特霍尔德与尼古拉斯在点别的菜时都没什么问题，可就是在点炸鸡时迟迟定不下来。当自己希望吃到炸鸡的心情非常迫切时，汉斯甚至发出了“老子只想吃炸鸡，你们赶紧决定”之类的抱怨声。

今天对抗的两人也如往常一样争执了起来。

“今天，我作为中队长还是要点盐派炸鸡。只有盐才能将童子鸡的本来味道最大限度呈现出来。里面的大蒜既提味儿，又对身体有益。就要盐味的。”

“作为中队长，这简直就是滥用权力。我认为酱油味的更好。若是如此重视食材原本的味道的话，倒不如去吃撒上盐的烤鸡肉。鉴于炸鸡是一道‘为食而生’的料理，就必须使童子鸡的美味与面衣的酥脆浑然合一，将料理的最大价值发挥出来。而能完成这项任务的，非酱油莫属。”

看着贝特霍尔德与尼古拉斯居然能将这个话题热吵到如此程度，汉斯一面深深感慨，一面享用着“先来一杯生啤”和小菜金平牛蒡。

由于放了朝天椒，整道小菜辣得恰到好处。虽然金平牛蒡与烧酒也很配，不过汉斯还是决定喝啤酒。

冰冰凉的啤酒，即使在冬天喝也很美味。

能在附近找个方便的地方是件难事。还好马夫宿舍大街有很多公共场所，这点还算令人安心。“居酒屋阿信”这样的小店没有厕所也在情理之中。厕所中的肥料会被农家买走，并将款项支付给市参事会。

汉斯方便完毕后返回座席，可这没完没了的论战还在继续。这期间两人的空酒杯又被注满了啤酒。

酒精上头后，争论愈发激烈，简直到了无法收拾的地步。

平常的话，争论到这时候差不多也就解决了。小忍会看情况上前询问订单，决定炸鸡口味。

这次好像怎么也定不下来，这种情况还真是少见。

两个人都喝醉了。这会儿啤酒入肚的速度要比平时快了不少。也许是因为今天的训练特别辛苦，啤酒才如此美味。同席的汉斯当然也不例外，他观看着掌柜的烹饪技艺，不知不觉便喝多了。

“汉斯，你怎么摆出一脸局外人的中立表情？如果是你，你会要哪种炸鸡？”

“对。汉斯你从刚才开始就一个人慢吞吞地喝酒。你到底选哪种？”

最终还是被卷入纷争的汉斯仰望着屋顶的大梁，将剩下的半杯啤酒大喝一口。

虽然一直到目前都采取模棱两可的态度，不过汉斯也早就预感到会有这一幕发生。只不过恰巧今天发生罢了。

“是问我吗？”

“没错，汉斯。现在盐派和酱油派各有一票。你手中的一票至关重要。”

“责任重大啊汉斯。不过，你是我的伙伴对吧。”

贝特霍尔德也好，尼古拉斯也好，极力拉拢汉斯的两人都显出“汉斯无疑是自己人”的自信表情。

虽然汉斯对于如此自信的两人感到些许不可思议，不过喝醉了的人大概就是这样吧。汉斯的父亲洛伦兹喝醉之后也是这番模样。

总是缄默无言在一旁倾听争论的掌柜、小忍、赫尔米娜以及艾珐也兴致勃勃地看着汉斯。猜想他如何决定。

这一瞬，汉斯成了“居酒屋阿信”的明星。

并不是做了什么特别的事情，却成了店内的焦点。不过这种感觉还算不错……

“汉斯，你一定选盐派吧？”

“不对不对，贝特霍尔德先生。看他的表情不就明白了，正是那种想说‘酱油派’的跃跃欲试的表情。”

“片面决定不太好吧。应该由汉斯自己来决定。不过一会儿还要聊聊汉斯明天训练的休息时间……”

“赶快停手吧，如此露骨的收买。”

虽然 微笑，一副清风拂云的样子。实际上不甘示弱 种状态会时不时从语言上表露出来。贝特霍 平日举止轻浮的尼古拉斯居然对女性之外 初次见到。

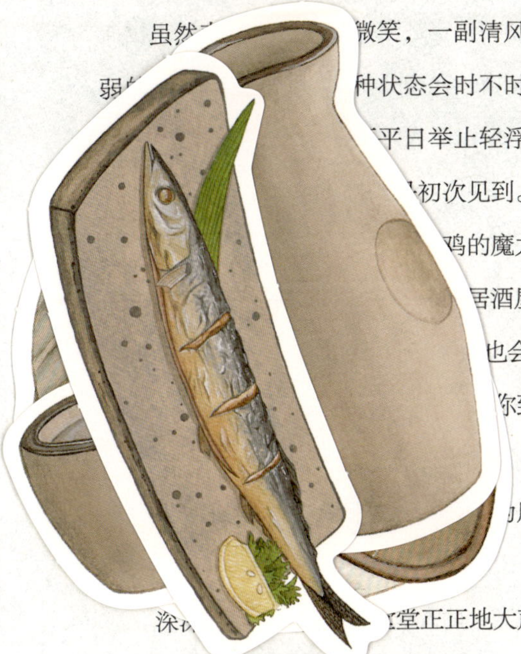

鸡的魔力吧？这种魅力将人的神智牢 居酒屋阿信”的菜品数不胜数，但 也会牢牢坐稳人气的头把交椅。

你到底选哪个？”

所动。

深 堂堂正正地大声说出了心底的答案——

“我喜欢的是龙田炸鸡。”

终于说出了一直藏在心底的想法。

被称为“魔鬼”的男人不满意地叹了一声。

尼古拉斯闭上双眼，脸上浮现出苦涩的表情。

“龙田炸鸡……吗？”

"龙田炸鸡啊……"

"难道不好吃吗？龙田炸鸡！"

汉斯决定乘胜追击。

对于尚未摸清局势的两人，汉斯力挺龙田炸鸡继续问道。

之所以两人没有立刻反驳，一定是因为贝特霍尔德与尼古拉斯都没有想好否定龙田炸鸡的理由。在将盐派与酱油派尖锐化的辩论中，忽然半路杀出了第三派，所以两人才一时不知所措，这便是汉斯的判断。

今日的汉斯与往日截然不同。

他认为世间应该知晓龙田炸鸡的美味。

"'居酒屋阿信'料理的味道当然没话说，但最值得大书特书的还要属料理的味道。无论是口感还是味道，如此用心的料理我在他处还未吃过。即便是炸物，味道也是需要重视的方面。炸童子鸡的味道固然不错，可龙田炸鸡酥脆的口感才是至福！才是极品佳肴！"

听着汉斯如此强有力的宣言，两人抱着胳膊陷入了沉思。

厚重的沉寂感笼罩着三人。谁也不知该说些什么。至少汉斯是这样认为的。

即便续杯的"先来一杯生啤"被端上餐桌，众人仍旧不为所动。

"你可真是的，汉斯。"

率先打破沉默的，是贝特霍尔德。

由于这位中队长双掌交叉在面前，汉斯只能看到他的嘴角。

“……龙田炸鸡……不属于传统炸鸡吧……”

只听到背后小忍“扑哧”一声笑了出来。

汉斯回头一看，赫尔米娜和艾珐也捂着嘴在笑。

本以为掌柜会理解自己，可他却像在强忍住什么似的，后背在微微颤动。

“我、我说的是龙田炸鸡，不是其他的什么仿制货。”

感到脸上发烧的汉斯抗议道。可尼古拉斯则摇了摇头。

“别狡辩了，汉斯。龙田炸鸡和传统炸鸡是两回事儿。”

确实，名字不同。可这也不也算是同一种食物吗？若是让一个既不知道龙田炸鸡，也不知道传统炸鸡的人品尝二者的话，他也一定会认为它们是相同的料理。

心中确实有千百条理由想要倾诉，可全都是强词夺理的理由。

汉斯一时失语，只是用筷子拌着碗中的莲藕金平牛蒡。赫尔米娜为贝特霍尔德端来了续杯的啤酒。

贝特霍尔德一面接过酒杯，一面轻快地问道：

“赫尔米娜，你是盐派的吧？”

可他并未收到回复。赫尔米娜只是温柔地将头歪了一下。随后便返回了柜台深处，向掌柜耳语了几句。

贝特霍尔德有点摸不着头脑。尼古拉斯和汉斯好像也被这种气氛所感染，无可无不可地咳了一下。

有什么不对劲。

虽然还是那熟悉的笑脸，可今天赫尔米娜给人以某种冰冷的感觉。

直到刚才还喧闹无比的争吵，此刻变得格外沉寂。

正是在这时，耳边忽然传来了令人舒适的油炸声音。

是炸鸡的声音。

赫尔米娜刚才的耳语，应该是在说点单炸鸡的事情。

不过到底是哪种炸鸡?

以常理而论，应该是自己丈夫贝特霍尔德钟爱的盐派……可她刚才的态度又……那就是酱油味的？不过怎么也无法想象赫尔米娜会做出如此讽刺之事。

她也可能点的是汉斯推荐的龙田炸鸡，不过这种可能性极小。刚才笑成那个样子，几乎等于弃子。

不过，现在正在炸制的炸鸡是哪种呢?

虽然三人都对此极为关注，可从餐桌无法看到柜台内侧。虽然问一声的话掌柜会给出答案，可三人相互牵制，谁也没有作声。

能做的，只有闭目养神耐心等待。

声音，变了。

咔啦咔啦咔啦咔啦。

这是鸡肉第二次入油的声音。看来到底还是传统炸鸡。

不知不觉中，喉咙开始滚动。三人举手示意，续杯的啤酒被端了过来。

身体渴望着炸鸡。

“让您久等了。”

赫尔米娜微笑着将食盘端上餐桌——传统炸鸡。

可是……

“赫、赫尔米娜……这是？”

“这是你点的炸鸡啊，老公。”

大份食盘中堆积如小山的炸鸡——虽说是炸鸡，可炸的却是鸡软骨。

所有炸鸡软骨被精心地分成盐味和酱油味两个部分。不过，没有龙田炸鸡。

“这……虽然炸鸡软骨味道也不错……”

整个口腔早已处于“恭候炸鸡多时”的状态，可这炸鸡软骨多少有些不同吧。贝特霍尔德刚想吃一下试试，便看到赫尔米娜正在往炸鸡软骨的小山上挤柠檬汁。到底是渔夫的女儿。看上去很贤淑，而且握力很强。

随后，她又对贝特霍尔德耳语了几句。

贝特霍尔德的表情迅速由最初的惊讶，变成了微笑。

“尼古拉斯，汉斯，痛快吃吧。现在不是说那些无聊之事让店里困惑的时候。好不容易炸好的鸡软骨别放凉了。”

“魔鬼”有些怯怯的感觉。

即便是有所察觉，汉斯也好，尼古拉斯也好，也都会识趣地保持缄默。两人对赫尔米娜轻轻地点了点头，将筷子伸向炸鸡软骨。

“咔嚓嚓咔哧”的口感，还不错。

因柠檬汁而口感清爽的炸鸡软骨，与“先来一杯生啤”真是绝配。一块接一块，筷子根本停不下来。刚才焦急等待炸鸡的三人现在高兴地就像一个人。

感谢掌柜做了炸鸡软骨。

咔嚓。

咔嚓。

咔嚓。

一块吃完再吃一块，筷子夹了一块又一块。自然，“先来一杯生啤”也伴随其间。

这样一来，大家都明白了与其左思右想举棋不定，相互驳斥固执己见，不如平心静气，早些点餐，这样才能享受到美食美酒的乐趣。

所有人一面对创意者赫尔米娜表示感谢，一面畅快地喝着啤酒。

此刻正享受地吃着剩余柠檬角的赫尔米娜，又恢复了寻常乖乖妻子的模样。而贝特霍尔德则非常勉强地将嘴角上翘，装出微笑的模样。汉斯将这一切看在眼中，心中暗暗发誓今后绝对要毕恭毕敬地对待这位居酒屋的服务生。

小忍的特制布丁

秋天的太阳落山后，古都被一片黑暗所包围。

平日悬于天空照耀古都的大小月亮，今天也不曾看到。回荡耳际的，只有从布兰塔诺男爵森林中传出的独角枭寂寞的啼鸣之声。

今天，有两个新月。

几个月中会有一次雌雄二月叠在一起成为一轮新月的情况，这在昔日曾被当成凶兆的天文现象。如今在天文学家的帮助下，即便是古都居民也能准确推算出双新月的日期。

当双月叠加消失不见之时，马夫宿舍大街上就会更加阴暗。

只有大风强劲地刮着，将街道两旁遮阳树的树叶吹得激烈摇摆。

平日在树荫下还有向过往醉客出售白开水或甜汤的摊位。可双新月之夜，街上空无一人。

在悄悄被黑暗所席卷的静寂古都，“居酒屋阿信”今天依旧灯火通明。

“……这两轮新月的夜晚，可能会出现……”

艾珐一面擦着桌子，一面喃喃自语道。

“你说出现？出现什么？”

听到小忍的问话后，艾珐身体微微一震，

“……魔女。”

“魔女吗？”

小忍的表情，就好像在说“难道还真有魔女啊”。

从外地来古都的小忍和掌柜当然不会知道这件古都人尽皆知的事情，实际上魔女就住在古都的森林里。

“魔女是什么样子的？”

“住在森林深处，夜夜咏诵奇异咒语。坐着扫把空中飞行，调制污浊之药，掠夺纯洁幼童，甚至背叛教会。”

“这和我们知道的魔女没什么不同啊。”

“然后……喜欢酒……和甜食。”

“甜食？”

居住在兰塔诺男爵森林中的魔女特别喜欢甜食。森林附近街道上有给过路旅客售卖糖果的商贩，艾珐甚至多次听过商人将糖果卖给魔女的传闻。

“喜欢酒的话，可能会来店里也说不定。”

“请不要说可怕的事情。小忍姐姐……两轮新月的夜晚是非常危险的。”

不过，艾珐可说不出关店之类的话。

今天的“居酒屋阿信”确实客流稀少。生意淡得如“闲鸪群”。从刚才开始就一直没有客人。说到到访店里的客人，只有刚才送错信的肉铺学徒。“居酒屋阿信”此刻处于开店休业状态。

想来也是理所当然，店前大街上真的一个人都没有。

别说是人，就连野狗今日都不见踪迹。星乞鸟也停止鸣叫。现在能做的只有手持灯笼漫无目的地四处寻找客人了吧。

在两轮新月的夜晚散步的人，要么就是着急赶路，要么就是有特殊癖好。

即便是这样，小忍和掌柜也没有将此作为休业的理由。

如果哪位客人忽然想要饮酒，可哪里的酒馆都关门休业，那该多么寂寞。

艾珐认为这个想法棒极了。

若是古都内能有两三家这样的店，那就太好了。

不过，还是对魔女心存恐惧。

早知如此，就该像赫尔米娜那样休假就好，不过艾珐还是因为放心不下而到店上班了。

雪上加霜的是，外面甚至下起了小雨。

秋天的雨，很冷。

“看来今天不会有客人了。”

正当小忍带着叹息的口吻喃喃自语时，有人轻轻敲了敲玻璃门。

正想着是不是风吹的，门又被敲了一下。

“啊，欢迎光临！”

“……欢迎。”

小忍将玻璃门打开后，一名女性样貌的客人进入店中。

客人将带着风帽的黑色袍子深深压低，所以看不到她的面容。

是魔女——只看了一眼，艾珐便产生如此感觉。

虽然想立刻藏到暗处，可现在不能这样做。

这里是居酒屋，对方是客人。即便对方真是魔女或精灵，若只是来店里享受美酒佳肴，就必须热情接待。在店里工作的艾珐，对这种思考方式铭记于心。

而且，对方也不一定就是魔女。

艾珐虽然细观其貌，却连对方的年龄都无法判断。

“这样的夜晚还在营业，真是家‘狂醉之店’啊。虽然只有我一个女人有点抱歉，不过还是想打扰一下。”

声音有些沙哑，听上去像是六十岁左右。可对方从袖口伸出的手指纹理细腻，就像二十多岁女性的双手。

客人掸了掸滴答着雨水的袍子，随后走到内侧的餐桌旁坐了下来。

由于没有取掉风帽，外人依旧看不到她的表情。

这位奇怪的客人点了啤酒和适当的料理。

即便知道拉格啤酒已经解禁的客人，也不会特意为了喝这种酒而在这个时间光顾。所以即便客人点的是艾尔啤酒，“居酒屋阿信”也会上拉格啤酒。

这次的点单正中小忍下怀。无论多么复杂的点单，长时间默契配合的小忍和掌柜都会使客人满意。

这是一种艾珐尚无法掌握的技能。

首先端上“先来一杯生啤”和小菜，让客人可以润润喉咙垫垫肚子。而在客人品饮的空当，小忍又让掌柜将炖菜加热。小菜是醋拌章鱼黄瓜丝。

艾珐刚才也微微尝了一口，在她看来章鱼的口感很有趣。

掌柜今天特别精选了黄盖鲽鱼作为炖菜的原料。而且他还曾经骄傲地宣称这种鱼作为刺身食用也非常美味。

在不是两轮新月的日子里可以这么做。不过鉴于今日客人稀少，所以最初就打算用它来做炖菜。

这次的炖菜很美味。

与前任皇帝陛下光临此店时品尝的比目鱼同样美味。

虽然小忍喜欢口味清淡的食物，不过根据客人的反馈意见，掌柜最近将口味稍稍调重了些。在制作“出汁”的功夫方面，掌柜总是尤为认真。

客人对改良后的口味似乎极为满意。只见她熟练地使用叉子和勺子将鱼肉从鱼骨上剔下，随后美滋滋地享用。

艾珐在暗中悄悄观察着这位客人的一举一动。

“小姐，我很恐怖吗？”

艾珐赶紧左右摇头，虽然心里想着必须说什么道歉，可实在想不出什么体面的道歉词。

“不……那个……客人您不是魔女。我也不害怕魔女。就算您是魔女，我们‘居酒屋阿信’也一定会热情招待的。”

看着一脸严肃说出此话的艾珐，客人笑出声来。

“原来如此。你觉得我是魔女啊。真是个眼光锐利的小姑娘。这样的话，害怕也没什么奇怪的了。”

“啊……不是……那个……”

这位客人到底是不是魔女？

不过，她的这身打扮倒真像魔女。

而且又是在这两轮新月的夜晚，穿着这样的服装在大街上散步……也许这只不过是客人自己的爱好罢了。

“不过这家店还真是有趣。”

魔女装扮的客人一面品尝着黄盖鲽鱼炖菜，一面环视店内。

“非常感谢！”

小忍刚刚回复。这位客人望到艾珐的方向时又大笑了出来。虽然眼睛周围用面罩盖住了，可翘起的嘴角看起来却意外的令人舒适。

“没关系，小姐，贵店的店员，包括那位小姑娘，都非常有趣，进入这家店，令人感觉到久失神力的魔法气息。”

“魔、魔法吗？”

听到“魔法”二字，就连小忍都浮现出惊讶的表情。

“是的，魔法。”

说着，客人紧紧盯着神龛。

神龛内今天也恭恭敬敬地供奉着稻荷神。对古都居民来说，这是座充满异国情调的雕像。

客人是看到神龛才说到魔法的吧？艾珐在店里曾经有过一次神奇的经历，不过那件事她一直藏在心底，没有对任何人说起。若是对他人说‘居酒屋的后门连接着另一个世界’之类的话，没有人会相信吧。

“虽说是魔法，也是秉性淳良的魔法。具体说就是结界，虽然不知道会与什么地方相连通，可那是一种只有需要的人才能通过的结界。”

“什么……您是说连通吗？”

小忍与掌柜对视了一下。酒馆后门与不可思议异世界相连接——这件事艾珐并未与任何人说过。小忍和掌柜当然清楚此事，不过这位客人为什么会说中呢？

只有需要的人才能通过。

说起来确实是这样。艾珐从未见到过从后门来访的客人。细想起来真是奇怪，这就是被称为魔法的东西吧。

“以前，这一带有很多扇门。你见过森林中长成漂亮圆形的蘑菇吧？将贵重的东西藏在树洞里，可第二天便不见踪迹的事情也听说过吧？迷失方向的人走进死胡同再也没出来的事情也知道吧？”

“这些都是魔法吗？”

让艾玞这么一问，客人又笑了。

“可以说是，也可以说不是。”

艾玞膝盖微微颤动，无法自抑。

小忍将托盘抱在胸前思考着什么。

只有掌柜双眼发光，好像在等客人传达更多信息。看样子他对魔法这件事很有兴趣。

“比如这道炖菜。我在这边住了很长时间，可这种风味还是头一次品尝到。这种鱼和调味料到底来自何处呢？”

这位客人真的是魔女吧……

将酒馆后门的秘密泄露给他人的话，那真是太糟糕了，艾玞也明白这个道理。想进入异世界的人，应该有很多吧。

最坏的情况，“居酒屋阿信”可能要关门吧。

像巴斯克霍夫那样贪婪的家伙这世上可不止一两个。

小忍和掌柜应该也希望保守这个秘密。

客人喝了口“先来一杯生啤”润了润喉，当她正想开口继续时，店内传来某人敲击格子门的声音。

“对不起，我的老师是在贵店吗？”

突然出现的是一位年轻女子。

女孩看上去与艾玞年龄相仿，乱蓬蓬的深茶色头发被胡乱地塞进了红色头巾，脸上的点点雀斑着实可爱。

“什么嘛，卡米拉，你是来接我回去的？”

看到少女后，“魔女”客人的声音变得温和了许多。

她将少女招呼过来，将其头巾取下，并开始用自己的手指为对方梳理头发。

“英格立顿老师，不是跟您说过不要这样碰我的头发吗？我已经不是小孩子了。而且您现在又喝得酩酊大醉……”

被这位叫卡米拉的少女强行一压，“魔女”的风帽也掉了下来。

原来是一位高雅的银发美女。长长的头发向后梳起，绿色的瞳孔，给人一种美艳之感。年龄可能三十多岁或者四十多岁，也许还要更大些。

若说是五十岁也不是不可能，不过真是位很有味道的成熟女性。

这是一种令还是孩子的艾珐看到后，不由得发出轻轻感叹的美丽。

“……欢迎。”

“啊，欢迎光临！”

听到掌柜的问候声，小忍才想起这位卡米拉小姐也是客人。

“啊啊，不……我只是来接人的……”

艾珐也这么认为。

这么小的女孩，若是居酒屋为她上酒上菜那才奇怪。

“不过，有没有什么甜食？”

甜食！

听到这句话的瞬间，艾珐感到后背有某种不适的东西在游走。

说起甜食，这是魔女喜欢的食物。

“我老师一吃甜食，就会停止喝酒。然后我就可以带她回去了。”

“甜食吗？”

小忍问道。

“水果干什么的都可以。如果有这种食物的话，请上一些。”

用食指抵住下巴思考的小忍，没有立刻想出适合的料理。

这里是居酒屋，为客人提供相应的料理自属理所当然。

不过甜食的话，总需要一些时间准备。

艾珐变得稍稍不安起来。

如果没有甜食的话，这着装怪异的师徒是不是就坐下不走了？

正想着，只见小忍“啪”拍了一下手。

“对了，那个可以。”

“那个”是什么？

小忍从冰箱中取出了一个小碗。

“啊啊，这是小忍特制手工布丁！”

“特制……手工……布丁？”

艾珐脱口问了一句，这可是自己从未听过的料理。

看到小忍将其并排摆放在柜台上的样子，好像是之前尝过的茶碗蒸的“兄弟”之类的东西。外观颜色也有点像。如果不是“亲兄弟”，那也该是“堂兄弟”之类的“近亲”。

不过，鸡蛋羹是甜的吗？

“布丁吗？看上去很好吃的样子。”

“不行啊，掌柜。这不是给掌柜你的。”

“什么？不是有很多吗？”

掌柜说话时的语气与其说不满，倒不如说是闹情绪。小忍斜着眼睛瞥了他一下，随后弯起手指数着布丁的个数。

“英格立顿女士那份，卡米拉那份，艾珐那份，还有给艾珐弟弟妹妹带回去的那份。”

“这样可以吗？小忍你那份也没了吧？”

“我和掌柜就不吃了。”

小忍说着微微笑了起来，而掌柜看着她的目光中还带着淡淡幽怨。他曾说过自己喜欢茶碗蒸，那样的话一定也会喜欢布丁吧。

“卡米拉小姐，英格立顿女士，两位请用吧。”

“好的，我开动了！”

“艾珐也一起吃吧。”

艾珐接过木勺，面对布丁坐正。

到底还是和茶碗蒸有些许不同。这种冰冰的容器握在手中的感觉很舒服。

艾琺舀了一勺正要送入口中……

“真好吃！”

英格立顿失声尖叫道。

而卡米拉则痴痴地吃了一口又一口。

初见英格立顿时那种不可思议的感觉已经消失无踪，此刻她用餐的样子十分可爱。虽然艾琺此前曾将她当成魔女，可看到她现在这副模样，不禁怀疑自己那时的想法是错误的。

可这名为“布丁”的食物真的如此美味？

艾琺将已经舀在勺中的布丁十分珍惜地送入口中。

好甜！

顺滑的甘甜滋味迅速在口腔中扩散。黏黏软软的口感令人产生幸福感觉。

艾琺不禁睁大双眼，看向碗中。

这黄色的食材究竟是什么？

“好吃吗，艾琺？”

“好吃，真好吃！”

艾琺用木勺一勺勺地舀着黏滑的布丁，随后布丁内部渗出了一些像黑蜜一样的东西。

用木勺稍稍舀一小口，放在舌边一舔，这个也很甜！

这是种与黄色部分不同的甜味。

试着将颜色不同的两部分混起来吃一口。这个味道也不错啊!

用餐完毕后，体会着失落的幸福。

艾珐小心翼翼地将小碗底部残留的布丁吃干净。忽然，英格立顿忍不住偷笑起来。那种感觉虽然令人不快，也许因品尝到美味而感觉幸福的人都会浮现出这种笑容吧。

“这种叫布丁的食物，真是太好吃了。虽然看上去只是用鸡蛋、奶酪和糖制作的……实在是太好吃了。简直就是魔法。请一定再给我来一份。”

“对不起，英格立顿女士。已经没有布丁了。”

“刚才你说要给那个小姑娘带回家的那份……呜……”

一声怨念之后，英格立顿从女袍的袖子里取出一个小型护身符。

“这是一个女佣兵让给我的，是一枚可保佑你与他人邂逅的护身符。我用这个交换怎么样？”

“老师，请适可而止吧！”

小忍一面安慰着愤怒的卡米拉，一面向英格立顿问道：

“这是魔法道具吗？”

没等到“魔女”回复，卡米拉抢先在一旁说道：

“老师，您是不是在这家店也说了什么魔法之类的事？”

“啊，今天是两轮新月之夜。所以没忍住就……”

“搬到古都居住后，您就一直给街坊四邻添麻烦。这样的事还是赶快停止吧。”

“好吧，下次注意……”

看到弟子如此愤怒，受到伤害的英格立顿缩了回去。

“如此说来，英格立顿女士不是魔女啊……”

“没错，掌柜。我老师虽然看上去有点怪，不过是位技艺高超的药师。”

卡米拉解释说，此前师徒两人一直住在布兰塔诺男爵的森林中，由于森林逐渐被开垦，所以才搬到城里居住。

“一个人生活在森林是没什么问题的。可卡米拉需要一些年龄相仿的朋友。”

“虽然我跟老师说过不用担心此事。可她无论如何也要搬来城里住。实际上是想品尝一下城里的美食美酒。”

“那魔法的事是怎么回事？”

“好像是老师的爱好。她对这方面的事了解一些。”

“不是了解一些，卡米拉。”

“好的好的。我明白了，我们回去吧。”

“可是……布丁……”

对于这个要求，小忍边道歉，边深鞠一躬。

虽然英格立顿一副恋恋不舍的样子，可剩下的布丁还是留给艾珐的弟弟妹妹们吧。

如此美味的食物，艾珐无论如何也想让家里的弟弟妹妹们尝尝。

艾珐有些歉疚地避开了英格立顿和卡米拉的眼神，而掌柜此时却轻轻一笑。

他随即将冰箱打开，在里面找寻着什么。

“太好了，这儿还有一个布丁。”

刚一听到掌柜说出的这句话，小忍以前所未有的速度回头望向冰箱。

“什么？那个？掌柜，那个布丁……”

“小忍，你是不是因为自己也想吃，特意留了一份……你不会是这样的人吧……”

“呜呜呜……”

掌柜没有理会几乎要哭出来的小忍，将最后一份布丁递给了英格立顿。

“本日最后的布丁，请您慢慢品尝。”

“啊，太感谢了。不过，这样可以吗？”

“没关系，请用吧。”

虽然没有露出不满之声，可小忍太阳穴微微跳动的样子却没逃过艾玹的眼睛。

小忍应该非常想吃布丁吧。

第二份布丁的味道也是美妙到了极点，英格立顿将碗中布丁吃得干干净净，整个瓷碗内壁被舀得几乎像洗过一样干净。吃完后，师徒两人便离开了居酒屋。

从她用餐时的样子来看，这位客人此后一定会再次光顾吧。

两人离开之后，艾珐发现桌子上放着客人忘记带走的护身符。

这是个外嵌青色宝石，品相上乘的护身符。

一旁小忍和掌柜正因为布丁的事情而争吵，感觉自己帮不上手的艾珐将护身符悄悄地供奉在了神龛中。

意外的来访者

想起自己工作的上一家饭店，是很久之前的事情了。

幸纲饭店。

对阿信来说，高中毕业后便一直工作于此。直到今天也是十分怀念，就如同自己身体无法分离的一部分。料理人矢泽阿信，毫无疑问是在那家店中培养出自己的烹饪风格的。

作为老牌饭店，幸纲虽然多少有些知名度，不过没有赶上好时候。由于经济低迷，最先被消减的就是公司的接待费。这样一来，光顾饭店的客人便日渐减少。

先代社长去世之后，继承家业的长男无法应对这一棘手问题。

不能吸引新的客源，大客户慢慢离开，营业额下降的话利润也会跟着下降，加之骨干员工相继离职，饭店的经营前景并不乐观。

一个齿轮失灵的话，整台机器就会逐渐瘫痪。等到发现的时候，一切都已太迟。

此刻，他正将白萝卜泥揉入莱茵霍尔德送来的章鱼中。

这样处理章鱼，肉质要比只用食盐搓揉更加柔软。不光是白萝卜中的成分在起作用，揉入的动作也会让章鱼身体更加舒展。

这也是在幸纲当学徒时，师傅教授自己的技艺。

今天他决定将章鱼煮炖柔嫩作为料理出售。莱茵霍尔德带来的章鱼经历过北海巨浪的历练，柔韧的肉质正是其魅力所在，用它制作的料理自然也是味道十足。煮着吃的话，绝对是一等一的美味。

古都的秋日寒气逼人。能与烧酒相配的料理应该很受欢迎吧。

平日小忍这个时间已经到店。可今日却不见踪影。

昨晚……布丁那件事做得有点过分吧……

最后还是阿信在商店街的糕点屋为小忍买了一份精品布丁，整个事件才算了结。

一夜过去，小忍可能正因为自己昨晚愚蠢的吵闹而羞愧不已。

现在的她，与作为幸纲饭店的社长千金时并无变化。

在章鱼处理完毕后，掌柜开始调试今晚“出汁”的味道。

这段时间，他每日都会根据客人的反馈对“出汁”的味道进行微调。

真心希望能将“居酒屋阿信”做成“古都居酒屋”，永远受顾客欢迎。

现在因熟客而繁盛一时的酒馆，会不会某日又因厌倦而被顾客抛弃——这种恐惧时时浮现在阿信心中。

不想重蹈幸纲饭店的覆辙，所以更希望心中有所依凭。

在幸纲学到的烹饪本领与古都居民的饮食习惯相融合的道路，

阿信一直在不停摸索。若是真能有所收获，对店里的经营有很大的帮助。

正当阿信将“出汁”的情况记在笔记本上时，后门忽然传来响声。

应该是小忍终于想通过来上班了吧。阿信想在她进门后开个玩笑轻松一下，不过鉴于昨晚之事，还是决定作罢。

掌柜再次确认冰箱中的布丁，然后在原地等待小忍。

可后门持续传出那种奇怪的声音。

莫非是小忍忘了带钥匙？从小就作为饭店继承人被培养的小忍，对饭店的管理细入分毫。

这样说来，后门那个人不是小忍。

阿信忽然想起昨晚店内客人说的那句话。

药师英格立顿。

据其弟子卡米拉所言，英格立顿说自己是魔女都是开玩笑的戏言，可掌柜却对这句戏言铭记于心。

“只有需要的人才能通过的结界”。

说起来，不知是何原因，酒类推销员也好、邮递员也好，还有订报纸的人员也好，从没有一个人从后门进入店内。

若是有人想要强行进入店内，要么举步维艰，甚至还有摔倒在门前的。

无论如何，现在都要确认一下后门站着的究竟是谁。

掌柜本想向神龛行礼后再去查看后门动静，可却看到了供奉在神龛上的护身符。

不记得昨天接受过这个护身符啊……可为何今晨会被供奉在神龛？真是不可思议……

他将护身符塞入裤子口袋中，随即将后门微微打开。

“好久不见。”

阿信打开了后门。

真不敢相信眼前发生的事。

眼前站着的，是自己在幸纲饭店工作时如师父般崇敬的厨师长塔原。

被迎进门的塔原眯起眼睛环视着店内。

“这店真不错啊。”塔原喃喃自语道。

塔原留着平头，身上穿着旧旧的夹克，整体看上去和一年半前阿信离开时并无变化。

可能是自己的错觉，塔原看上去有些驼背。

“厨师长，那边怎么样了？”

“叫我塔原就好。你现在也是独立开店的老板了。那边现在是小山田在经营。”

“……小山田先生……可以吗？”

阿信还在幸纲的时候，料理长会一年三百六十五日，日日来店中工作。即便是在休息日，也会找各种理由来店内查看，自己对此事仍旧记忆犹新。

接替厨师长职位的小山田，虽然技艺超群，但是有“不注意细节”的短处。

不过小山田接手幸纲后，多少会有些变化吧。

“真是的，今天一位预定也没有啊。”

“一位预定也……”

“可不是嘛。上一代厨师长可是以预约客满为傲的。”

幸纲的状况比阿信想象的更为恶劣。

为了挽救呈衰退之势的饭店，此前甚至想让小忍嫁给银行副总裁的公子。

现在小忍也离开了，饭店目前的状况自属当然。

“别老聊那个了。这里现在还没开业吧？不过给我来杯啤酒怎么样？”

“好的，我马上去拿。”

掌柜从冰箱中取出自己冷藏的瓶装啤酒，随后将盖子打开。

别的客人更喜欢喝啤酒桶里倒出来的啤酒，可塔原却只喝瓶装啤酒。虽然不是有意模仿他，不过掌柜也是“瓶装啤酒党”。

“咕咚咕咚”地将啤酒注入杯中，塔原严肃的神情也渐渐舒缓起来。

“真没想到还能喝上阿信你给我倒的啤酒啊，大老远跑过来一趟也值了。”

“您是怎么找到这儿的？”

“继任社长和老板娘都知道啊。托调查公司一查就找到了。不过之前即使到了附近也没想过要进来看看。”

阿信听到后并未回应。他的脸上浮现出暧昧的微笑，并将盛有小菜的小碗递了过去。

是章鱼醋拌裙带菜。

是今晚提供的小菜，刚才试尝一下觉得味道不错。

“吼，很好吃，章鱼不错。”

“嗯，我找了家新的供应商。”

“原来如此。现在物价上涨得真厉害，你这家居酒屋还能提供如此优质的章鱼，真了不起啊。”

“谢谢您这么说。”

虽说之前任性地离开酒店，可现在被如此夸奖，怎能不心生欢喜。

塔原不顾胡须上的白色泡沫，享受般地将杯中酒液一饮而尽，并将碗中剩余的小菜打扫干净。

“塔原先生，您今天想吃点什么？”

“你这小子，这还有什么要问的，就把你矢泽信之最想让我品尝的料理端上来就好。”

在微微困惑之后，阿信端出了煮黄盖鲽鱼。

虽然新鲜度比昨天采购时的有所降低，不过作为刺身原料的话也会十分惊艳。而黄盖鲽鱼本身在幸纲饭店也算是人气食材。

现在这份料理是融合了古都口味的炖物料理，阿信想让塔原也尝尝。

小心翼翼地将料理装盘，精心地完成整道菜肴。

塔原深深凝视着面前的食盘，默默体会着料理所散发的香气。

拾起箸筷，鱼肉入口。合上双目，细细咀嚼。

也不知过了多久，塔原缓缓睁开双眼。

“……这味道，有点‘迷茫’啊……”

这句话直刺阿信软肋。

确实有点“迷茫”，也正因如此，才需要日日变换口味。

“不过，这是种‘好的迷茫’。”

“……好的……迷茫吗？”

“啊，这口感正处于我教给你的味道与你自己期望的味道之间。没错吧？”

“您说得对。”

用筷子夹了第二口送入口中，塔原笑了起来。

“究竟要在多大程度上迎合顾客的需要？如何确定自己的烹饪特色？到底应该如何权衡？我在像你这么大的时候也曾经苦恼过。”

“您也对这个苦恼过？”

“大家都是普通人，谁也不是生下来就当上厨师长的。当然都会有烦恼痛苦。”

真令人意外。高中毕业后就如同父亲般照顾阿信的塔原，现在看起来没有丝毫变化。

“老话不是说‘守破离’吗？先模仿，后突破，最后确立自己的风格。”

“‘守破离’吗？”

“现在你需要的就是突破。从我教给你的壳子中冲出去。目前正是你实现突破的关键时期。”

“……突破……确立自己……”

“这件事没有固定的方式，需要你自己慢慢探索，需要与食客慢慢磨合。”

“与食客慢慢磨合”这句话一下子说到了阿信的心里。

现在的自己真能做出让顾客满意的料理吗？

除了能拿出些古都没有的食材制作料理之外还有什么呢？

“骄傲自满是人生大敌。稍有不慎手艺就会在不知不觉中退步。不过我对矢泽你还没有这种担心。”

“您太客气了，我还需要进步。”

听到阿信元气满满的回答，塔原满意地点着头，自斟自饮地喝起了啤酒。

阿信看着老师如此享受美酒的样子，自己都不禁想跟着喝点。

“矢泽，正经事就说这么多吧。”

“好的，您还想跟我说些什么？”

“刚才的章鱼，能不能试着与凤尾鱼、大蒜和朝天椒一起加橄榄油煮一下试试？”

塔原居然说出了凤尾鱼与橄榄油，这令阿信吃惊不已。此前在幸纲的时候，塔原给人的印象可是非日式料理不食的。

“凤尾鱼那种时髦食材，我这小店可没有。”

“什么嘛，矢泽。你这儿是居酒屋对吧，又不是日式饭店。此前在幸纲的时候，你不是经常背着我做塔塔酱吗……知道了，知道了，没有凤尾鱼的话用盐辛[1]代替也可以。虽然我没试过，不过应该跟西班牙蒜香海鲜差不多吧。”

“西班牙蒜香海鲜吗？”

自己此前听说过这个名字，这是一种西班牙式的蒜香油煮料理。

“虽然最合适配红酒，不过配啤酒也不错。刚才的章鱼口感有些过于紧致，不过也算是入味了，应该会是不输大蒜和朝天椒的味道。”

“我试试。”

店里正好有小忍为做员工餐意面买来的橄榄油。

将辅料切好，放入锅中加入橄榄油烹煮。煮出味后，将大块章鱼投入锅中。由于是第一次试做，盐辛少放了一些。

不一会儿，一股妙不可言的香气飘了出来。

“怎么样？挺香的吧。”

---

① 盐辛是用盐或酱油腌制的酱菜或海鲜。

“嗯，真是引人食欲。”

“将长条面包切成条放在里面一起吃的话，味道也很好。”

阿信计算着调了一下火量，捞起一块章鱼试吃。

味道很不错。

盐辛的味道稍稍“跳跃”，不过整体感觉确实很像西班牙蒜香海鲜。

大蒜和朝天椒的味道也是相得益彰。

“怎么样，不错吧？”

看着哧哧笑出来的塔原，阿信将蒜香章鱼盛出一小盘放到他面前。

再从冰箱中拿出一瓶啤酒。

这个味道，毫无疑问会令人产生饮酒的欲望。

“你要多尝试新的东西，也可以与大小姐多商量。”

“与小忍……大小姐商量吗？”

“喂，你刚才说什么小忍……没关系了……这位大小姐，别看长得很娇艳，可是遗传的‘好舌头’啊。千万别浪费了这种天赋。”

“好、好的。”

说起来确实是这样，小忍的味觉很敏锐。

如果请她帮助尝试味道的话，对目前古都居民口味的探索一定比现在进展更快。

“今天真是太感谢了。”

“这有什么可感谢的。现在的年轻社长也好，老板娘也好，别看一副沉着的样子，其实心里都担心得不得了。看到你这元气满满的样子我就放心了。”

“您不是来看小忍大小姐的吗？”

“我是想见她的，可万一大小姐想家了怎么办？”

“啊……”

幸纲的危机尚未过去。

若是此时小忍回去的话，可能又会有什么问题吧？

谁也不愿看到这种事发生。

“那么，今天打扰了。”

“期待您的再次光临。”

阿信深鞠一躬，而塔原则摸了摸他低下的头。

“下次我可要吃到已经确立阿信自己风格的料理啊。”

“好的！”

塔原从后门离开后，阿信一面目送着他远去的背影，一面开始思考新料理的味道。

一定要做出有自己风格的料理，做出能得到塔原称赞的味道。

远走的塔原转过街道拐角，小小的身影最终消失不见。这时从远处走近的，是来店里上班的小忍。

她刚一进店就耸着鼻子闻了起来。

“啊，掌柜，你在试做什么吗？这味道真诱人啊。”

与料理有关的任何事都别想瞒过小忍，所以现在最好的方法就是如实相告。吞吞吐吐有所隐瞒可没什么好处。

“那个，我用莱茵霍尔德先生的章鱼试做了蒜香章鱼。”

“蒜香章鱼？西班牙料理？真少见啊，那也给我尝尝吧。”

回头望向柜台，只见塔原早已将试吃消灭干净。

平底锅中的章鱼也被阿信以试吃的名义全部消灭干净。

不过，真的很好吃。

“啊，那个……我给你买了布丁……”

“这么美味的香气，却不给我吃？！”

“对、对不起……”

最终，阿信又为小忍做了一次蒜香章鱼，并为同样闻到香味而来的艾德温助祭也提供了一份。

炸腌茄子

清秋独寝偏孤寂，与君对酌抱月眠。

用热热的毛巾擦拭双手后，喝上一口“先来一杯生啤”。

在酒滑过喉咙时，环视贴满墙壁的菜单，细细思考“今日份的战斗”。

即便是一个人光顾，“作战方式”也会不时变化。更何况今天是第一次带着一位同行者一道前来，点菜时便务必要更加小心。

平日总是小口抿饮烧酒的艾德温助祭今天决定放纵一下。他怀里揣了足够多的金钱，在付清平日的赊账之后，仍然还有富余。

“小忍，我想要煮毛豆、脆卷心菜和炸童子鸡。另外，我今天打算尝尝这里的什锦饭。”

“您今天点得可真不少。”

“喝起酒来的话，可不就是这样了。”

喜爱饮酒的艾德温绝不会借酒浇愁，他觉得那是对酒的失礼。

面对美酒，必须真诚。

让他彻底抛弃这一观念而决定痛快饮酒的，正是因为一位同道者。

“能找到这样一家酒馆，正是艾德温老先生您的风格啊。”

这位眼睛细长、说话间露出柔和微笑的僧人名叫托马斯。

出身于圣王国的托马斯顶着古都中少见的黑发娃娃头发型。

由于相貌出众，托马斯在古都女性中人气极高。每到他宣讲圣句之日，精心装扮的女性听众便会蜂拥而至，这也是古都的一段佳话。

这位年龄虽小而知识渊博的神学学生，位阶比艾德温更高。

“你不会又跟我说什么不要沉迷酒精之类的话吧？”

“哪儿的话，要论喝葡萄酒，圣王国那边比艾德温先生您能喝的可是数不胜数。饮酒的爱好与对宗教的虔诚并无关联啊。”

这话是认真的吗……

对方虽然嘴上这样说，可自己却滴酒不沾，这令艾德温感觉对方着实不好对付。没有责备往往比深刻责备更能令人惭愧。

“说起来，今天大殿阁下和您说了些什么？”

“啊，我最近要离开古都一小段时间。今天就是与他商量一下我离开期间代理工作的事情。”

“是这样啊。”

艾德温并非第一次离开古都。

艾德温担负着教会对外联络和宣传的工作。术业有专攻，不善外事的托马斯正可以在自己外出期间代理教会内部的工作。

这次艾德温招呼托马斯一起出来喝酒，正是觉得对方这次也会对自己伸出援手。而托马斯似乎也对此有所察觉。

奉行清贫主义的托马斯喜食蔬菜，这家店应该会合他的口味吧。招待如此正派的伙伴不得不多加小心。

“我要去圣王国一趟。今晚大喝一顿，完成命运的洗涤，这才是人生的哲理。”

“那边也有美味的食物。”

“店与店不同，食与食相异。圣王国都的葡萄酒煮蚬子就算再美味，也无法代替这家店的盐辛。啊，小忍，再来一份盐辛。”

托马斯有些失望地摇了摇头，他从刚才到现在只吃了一点什锦炒饭。

这位曾发誓终生清贫的僧人，平日既不吃鱼也不吃肉。有传言说虽然他在参加宴请时会稍稍吃上一点，但独处时绝对不沾荤腥。

这对爱好美食美酒的艾德温来说真是遗憾之至，不过这也许正是对方生活的意义。

虽然觉得自己这样胡思乱想也没什么作用，可好不容易来酒馆享受一次，身边却坐了这样一位笑眯眯的同事，怎么说也有点别扭。

“怎么样，托马斯？这里有很多美味的料理，你想点些什么吗？”

“多谢了。我有牛奶、这盘炒饭再加上卷心菜就可以了。”

“你可以了，我不可以啊！”艾德温这句话都到嘴边了，还是在出口的一瞬间咽了回去。

不知为何，托马斯对这个脆卷心菜特别喜欢。

他最初还一面不时看看艾德温，一面犹豫地拿着筷子，但在确认脆卷心菜是道简单的料理之后，便开始不停地吃了起来。

“看到你只喝牛奶的样子，让我想起了我的一位后辈。”

“那个人也只喝牛奶？”

“啊，我已经忘了他的名字和相貌，对他只喝牛奶这件事记忆深刻。那位后辈也有自己喜欢的女孩，可那位女孩身材非常高挑。虽然她好像并不在意，不过那位后辈最终还是因为介意自己身高太矮没有表明心意。”

说起来，那位女士也不知道现在过得怎么样。那时她由于一些原因离开了圣王国，此后便音信全无。记忆中对方好像在当地的小酒馆赊了不少账，可由于工作太忙现在早已记不清了。

不过那也是几十年前的事情了。发生那件事的时候自己比现在的托马斯还要年轻，最近几乎都不怎么回忆那时的事情了。

“您要去圣王国做什么？即便是作为大殿阁下的使者巡礼旅行也……”

“那位老父亲的年纪很大了。最近都睡不好，旅行就更吃力了。他本想召回自己那位浪荡公子回家隐居，可他家公子却说什么想要成为吟游诗人，这让老父亲暴怒不止。”

托马斯的眼睛一下子睁开了。他一定在想老父亲是谁……不过却没有问出来。真是稳重，不愧是令人瞩目的未来僧侣之星。

“您的话我越听越糊涂，助祭老先生您究竟为什么要去圣王国？”

“……去见皮鲁比德哥特。”

托马斯那本来便形状细长的眼睛，这下眯得更细了。

那是身披深红色主教外衣的红衣主教中最接近教皇的人物。当艾德温说出这个名字的时候异常用力。

“您这样说大人物的姓名，我心里可有点紧张啊。”

“希望可以面请他莅临古都。”

“哦……”

古都是御定的享受高度自治的直辖市。即便是与地区关系密切的区域大司教，未经允许也不可随意在古都居住。红衣主教若是想要来古都必须要有帝国出具的特许证明。

来一次就需要如此烦琐的手续。托马斯好像也意识到了事情的重要性。

艾德温用筷子夹起一口店家端过来盐辛，想着赶紧就烧酒一同享用。

“您是说这里发生了只有红衣主教大人亲自莅临才能处理的事件？”

“作为助祭我现在还不能说啊。”

托马斯将食指伸直抵住自己形状优美嘴唇，思考起来。

艾德温并没有说出自己出差的原因，应该是有政治上的考量。

托马斯并非是个口快的男人，但涉世未深的他拥有诚实和质朴的美德。这位圣堂的司祭问起什么的话，自己应该照实回答，不过这恰恰不是艾德温期望的事情。

“是与大司教有关吗？”

“怎么说呢？”

艾德温闪烁其词，并未给出确定答案。不过他最近也听说大司教那边有所异动。

传言大司教将精力放在公务之外，还特意雇用了可疑的仆役。

“是在窥视红衣主教的职位吧，为了这个目的还搜刮了不少钱财。”

“如果仅是这样也不足为奇，你不能否认一个人的野心。”

“不过，他还与巴斯克霍夫商会那边也一直有联系。”

托马斯在说出‘巴斯克霍夫商会’这几个字时表情苦涩，看在眼里的艾德温稍稍有些惊讶。

不染俗尘的托马斯居然会浮现出如此表情，真是令人感到意外。

艾德温自己也对巴斯克霍夫那家伙没什么好印象。

为了霸占“居酒屋阿信”，不惜抛出“拉格啤酒走私嫌疑议案”的，正是时任参事会议长的巴斯克霍夫。

不仅如此，这家伙居然还向贝特霍尔德的新婚妻子伸出魔手，艾德温为了打压他的企图也是大费心机。

“虽然巴斯克霍夫是个卑鄙小人，不过金钱与贵贱无关。若是布施善款的话也算是干净钱。”

“巴斯克霍夫那家伙可不是什么干净人，他经常对圣堂的事说三道四。”

看着显出厌恶之态的托马斯，艾德温明白了其中的缘由。

圣堂在中州拥有的菜园，曾被市参事会征收。这件事艾德温确实在初春有所耳闻。不过那时艾德温还未赴任古都。虽然菜地的原址被改成了供市民休息的建筑或其他相关场所，但托马斯还是愤愤不平。

古都围墙之内，圣职者与世俗的对立问题还是没有什么好的解决办法。

当时巴斯克霍夫自任市参事会的代表，而他所交涉的对象正是这位托马斯。这件事艾德温也曾听说过。

“那个菜园真是个好菜园。要是还在的话，如此时节收获的应该是……”

“土豆？”

“不，是茄子。虽然过了最佳季节，不过现在收获的茄子也相当不错。”

一说到菜园种的美食，托马斯不知不觉中变得非常健谈。

平日只对神学、哲学之事感兴趣的托马斯，此时说话的语气带着深深的热忱。这份热忱令艾德温心生欢喜。

之前一直对面前这个年轻人敬而远之，现在看起来也可能是位性格亲切容易接近的人。

托马斯根本不介意艾德温的目光，一面一口接一口地吃着卷心菜，一面继续着刚才的话题。艾德温不动声色地将面前的炸童子鸡推到他面前，可对方却毫无兴趣。

“我也知道他与巴斯克霍夫有所牵连，可大司教鲁顿利格那家伙并不是那么不堪。可能是有点交往过滥。”

“那个流言，艾德温老先生您听过吗？”

“流言？”

艾德温夹起一块炸童子鸡，抿了一口啤酒。炸得酥脆的童子鸡溢出肉汁，与“先来一杯生啤”搭配又能享受到多出几倍的美味。想到这儿，艾德温一仰头干掉了杯中酒，随后擦了擦嘴角。

“嗯，关于魔女的流言。”

“魔女？”

管区大司教鲁顿利格的趣味还真是不一般——

“寻找魔女”。

作为古典回归派的领军人物，鲁顿利格精通教导圣省的所有古代资料，也对魔女有着超乎常人的热衷。虽然个中真意不是像艾德温这样的助祭可以窥透的，但很多人都评价这位大司教有些过于沉溺于此事。一旦听到关于魔女的传言，即使正在进行重要的辩论，这位大司教也会将工作放在一边，马上动身前去搜寻，这真是一种非常过火的做法。

“最近大司教好像又开始钻研起寻找魔女的事了。”

“如此热衷的话，真是有点病态了。不过要是没有影响他人，听之任之也未尝不可。”

相较于大司教的魔女，艾德温更在意面前的烧酒。

在烧酒上桌之前的空当，先享受“先来一杯生啤”与炸鸡的组合。整个用餐过程一直以“不同酒匹配不同菜肴”的方式进行。

如果点菜的顺序搞错了，那随后依次而上的各种料理就会乱七八糟。而今天这种“某酒配某菜”的进餐方式进行得非常顺利。

这样的夜晚，也是令人无比惬意。

“尽管如此，可出现这样的传言还是令人忧心忡忡。”

“忧心忡忡吗……啊，小忍，再来一份脆卷心菜和一杯牛奶。”

“好的，马上来。”

只吃卷心菜多少有点可怜，不过艾德温也不知道再为对方点些什么。

看到眼前的卷心菜将要吃净便追加一份，而艾德温担心的是牛奶和卷心菜不太相配。

“……真令人担心啊。”

“大司教的手下如此轻率地便宣布‘魔女狩猎’这件事，真令人不舒服。”

“嗯……是这样。”

艾德温敷衍地点了点头，他正在考虑牛奶与卷心菜匹配的事，无暇多言。

可是，“魔女狩猎”这件事倒是初次听说。

以艾德温所知，这种骚动百年间都不曾发生过。

“绝对不能接受。‘魔女狩猎’这件事是个时代错误。”

“确实如此。”

艾德温一面点头，一面思考着大司教这次“魔女狩猎”的真正企图。

他喝了一口烧酒，想着只要不出现什么奇怪的家伙就好。不过对坐在对面的托马斯好像在想着别的什么。

这位有着高超神学和哲学修养的青年，思考事情的角度也应该不同吧。

对那种年轻气盛的冲动情感，艾德温并不排斥。这种直来直去的热情，正是改变时代的力量。

“今天我请客，你就喝吧。”

某位贵族预先支付了来往圣王国的差旅费，回来还是和红衣主教一道。省出来的钱就当成私财喝酒，问题应该不大。

“喝是喝，不过我只喝牛奶。”

“那就多吃点。你有什么想吃的吗？”

“想吃的吗……”

托马斯说着，环视了一遍贴在墙壁上的菜单，并最终将视线定格在了一点，这些都没有逃过艾德温的眼睛。

“你喜欢茄子吗？”

炸腌茄子。

艾德温还没尝过这道料理。

“居酒屋阿信”提供的料理种类过于繁多。莫说是古都，就连圣王都没有能提供如此众多料理的酒馆。像艾德温这样的常客，也做不到每道菜都品尝一遍。

艾德温最近已经渐渐摸索出了酒馆为料理取名的规律——炸腌××，应该就是像传统炸鸡、龙田炸鸡、炸什锦一样的炸物。

茄子和油的食性相合，这炸茄子光想想就令人口水直流。

“小忍，来一份这个炸腌茄子！然后再来一份冷酒。”

“好的！”

小忍元气满满地回应道。

托马斯看了一眼那个女孩，赶忙拉了拉艾德温的袖子。

“艾德温老先生，您就算点了我也……”

“什么嘛。要是不合你口味的话，我就自己吃，别担心。”

片刻，小忍便将一个深盘端了上来。

与艾德温所想不同，盘中料理并非炸物。

不是炸物……而是将炸过的茄子浸在“出汁”中。

艾德温望了一眼托马斯，只见他喉咙上下动了一下，这是在吞咽口水吧。

很多学僧都喜欢吃茄子。

提到圣王都的夏天，就只有番茄和茄子。无论是做意面还是煮物，都会有茄子。虽说已经吃到厌烦，可离开圣王都后却很怀念。

茄子与番茄，再加上蛤蜊，这就是学僧出身者的怀念之物，也可以说是他们第二故乡的味道。

托马斯似乎也不例外。

“好的好的，艾德温老先生您如此推荐，我就吃点吧。”

此刻托马斯平日那种沉着冷静早已消失无踪，他的视线定格在了盘中的“深青色宝石”上。

看到这种表情，艾德温忽然生出戏弄之心。

“啊，真有点遗憾啊。托马斯阁下您作为司祭，曾经发誓要过清贫的生活。仔细想想，这样强迫似的硬推给你这道料理，好像是在引诱你背叛自己的誓言啊。”

“不是这样的，清贫誓言中也包括绝不浪费面前食物这样的事情。”

“要是不想吃就别吃了。我吃也可以。”

艾德温满面堆笑口中不停挑逗。看到他这副模样，就连沉着冷静的托马斯也有点沉不住气了。

“好啦，别拿我开玩笑了！我吃了！”

拿起叉子，托马斯将炸腌茄子送入口中。

嚼了一下，又嚼一下。

随着咀嚼次数的增多，托马斯的脸舒展开来。

本就是美男子的他，此刻因美味而舒展的表情更加迷人。

看到对方的表情，艾德温好像也被这种幸福感所沾染，拿起筷子夹了一块炸腌茄子。

送入口中的瞬间，幸福感立刻扩散开来。

茄子所吸收的“出汁”盈满口腔，美味之潮将艾德温紧紧包裹。

真好吃啊。

和预想的一样，这道菜与冷酒是绝配。

艾德温点冷酒的时候，小忍就像水壶注水般将“切子”中注满冷酒。若是用这个名为切子的小玻璃杯慢慢品饮的话，整晚都不用续杯。

虽然此前也知道秋天茄子的美味，可此物在“居酒屋阿信”中居然能成为如此艺术般的料理，还真是令人难以置信。

要是现在赶赴圣王国的话，下次吃到这道料理就要等到来年夏天了。

所以现在就要好好享受一下这道菜的味道。

刚想着再用筷子夹一块，可盘中已空空如也。

托马斯正将最后一块茄子送入口中。

“托马斯阁下，这一块……”

听到艾德温带着怨念的话，托马斯脸上露出了灿烂的笑容。

“今天是艾德温老先生请客吧？”

说着托马斯便举手示意小忍，一道一道点起了料理。

“请给我来炸腌茄子、暴腌茄子、天妇罗茄子、肉末茄子和烤茄子。”

“喂，喂，托马斯阁下，这有点……”

艾德温刚想说点得太多了，忽然一阵奇怪的感觉袭来。

托马斯原本细细的双目，此时好像融化了。

简直就像是喝醉了酒……

“啊……”

没想到冷酒喝得这么快。

冷酒杯和水杯材质相同，托马斯可能将冷酒错当成清水喝掉了。

这样说来，他的呼吸中也带着酒精的香气。即便是古都居民，若是先祖来自北地的话，也会有不胜酒力之人。

“艾德温老先生，我们聊聊神学如何？这秋茄子的料理还有很多啊。”

“嗯，说的也是。”

艾德温一面将肉末茄子中的肉末挑出来，一面点头称是。

托马斯并非不能饮酒，只是酒量不好。

虽然不胜酒力之人误饮酒精实属不妥，不过现在的托马斯看起来要比平时快乐很多。

明天他可能会后悔自责吧？这也是经验之谈。

虽有些许不安，不过托马斯会在自己出差期间将教会的事务打理妥当吧。

艾德温抿了一口玻璃杯中的冷酒，不甘示弱地拿起筷子伸向茄子料理。

在赶赴圣王都出差前，还是想多体验一下“居酒屋阿信”的味道。

秋味天罗妇

今日店内的客人与平日不太相同。

小忍在挂出暖帘后立即便察觉到了这件事。马夫宿舍大街上往来的人流间有种淡淡的奇怪氛围。虽然说不出究竟是什么，可相对平时来说有些粗野。

“居酒屋阿信”店内，那些生客的态度也多少有些异样，卫兵队二人组和中队长今天均未光顾。

而霍尔格则坐在柜台前，仍旧与平日一样自在地享受着日式炒面和啤酒。

他手上拿的，是数日前英格立顿放在这里的护身符。

由于护身符精致非凡，阿信希望能知道此符的来龙去脉。

可不知道究竟向何人咨询。常客中以博学闻名的尼古拉斯正在执勤，所以身为铁匠公会会长的霍尔格自然就成了被咨询之人。正喝着拉格啤酒的玻璃匠公会的洛伦兹刚才就已经对此事摊手。

“抱歉，我也不知道。恐怕只有巫师或者魔女才能说出个究竟。”

“不认识什么魔女朋友啊。”

洛伦兹插了一句。

确实是这样，“居酒屋阿信”这边也没有什么巫师或魔女朋友。

最接近二者的就属英格立顿了，可没理由让一个给予自己物品的人鉴定这个物品吧。霍尔格都不知道的话，那就真没办法了。

“说起来，霍尔格先生，今天是不是发生什么了事啊？”

小忍一面环视着比平日更加喧闹的店内，一面问道。

“啊，参事会那边大吃一惊，好像大司教要莅临古都，还要待上一段时间。”

听到大司教这三个字，艾珐立刻浮现出惊讶的神情。

赫尔米娜也一脸困惑，她对这个名字也似曾相识。

对小忍而言，她只模模糊糊知道是位教会的大人物。

“您刚才说大司教？”

被小忍这一问，艾珐微微咳了一下回应道：

“大司教是教会的一级职位，位在助祭、司祭、司教、权大司教之上。”

霍尔格听着也点了点头。

“鉴于大司教大人即将莅临古都，卫兵队实行总动员。由于事发突然，市参事会决定将城内主要街道的不法人员全部清除。”

不法人员四字刚说出口，聚集在餐桌一角的几名醉客立刻将敏锐的目光投向霍尔格，可霍尔格本人却不知情。

原来如此，在主要大街上被搜捕的那些不法人员都跑来马夫大街避难了。

“大司教要在古都暂住一阵。”这个消息令小忍心中不快。

这样说来，这些品行不端的客人像今天这样在马夫大街流窜的日子不止今天一天。

如果暂住时间过长，对生意也会产生影响。

正当服务生小忍将盐烧沙丁鱼和炖白菜端到其他生客的面前时，餐桌那边传出一声惨叫。

是赫尔米娜。

“你干什么！”

小忍一声喊叫，只见一个流氓抓住赫尔米娜的手腕，脸上浮现出卑鄙的笑容。

“虽然这小店的酒和菜都不错，不过服务生的态度有点冷淡啊。我是想教教这个小姐怎么为客人倒酒。”

“请放尊重点！我们不是那种店！”

“哦，我好怕。那这家店是什么样的店？马夫大街这兵荒马乱的地方有什么高级店吗？”

阿信拿着最粗的擀面杖马上要冲出柜台。霍尔格也站了起来挽起袖子，大战一触即发。

“等一下。”

从意想不到之处发出声音的，是坐在餐桌最内侧一直安静饮酒的青年。

金色头发在头后系成马尾状，下颌蓄着潦草的胡子，怎么看都像是个玩世不恭的青年，不过细看之下却十分俊美。

“什么嘛，小哥，你是让我住手？”

“酒就应该安安静静地喝，有什么不对吗？”

说着，青年伸手握住流氓的手腕，轻松将对方撂倒在地，手法老到熟练。

随后又庇护似的挡在赫尔米娜身前，神情轻松地吹起了口哨。

“臭小子，别小看我！”

流氓的同伙说着站了起来。

金发青年依旧态度从容，甚至哼起歌来。

“去死吧！臭小子！”

“别叫我臭小子，即便我是个浪荡公子，可也有阿鲁努这个父母起的名字。最好用这个名字称呼我，我会很高兴的。”

“开什么玩笑！”

闪电之速，这些欲群殴阿鲁努的小流氓们便倒在了地板上。

阿鲁努用借势的手法将对手打翻在地，这点没有逃过小忍的眼睛。

有点像柔道，不过更像合气道。

在乱斗的过程中，小忍紧紧抱住艾珐的脑袋，好在混乱的事态很平静地结束了。青年好像根本没用力便将流氓们按倒在地。

流氓们与阿鲁努之间的实力差距过于悬殊。

在气势已衰的几个流氓身后，还有打着响指面露微笑的霍尔格和怒气冲冲的阿信掌柜。

“可、可恶！你给我记住！”

“看起来就像低等混混，没想到逃走的借口也这么低等。你真该随便找个别的理由。”

阿鲁努拍了拍裤子上的灰尘。赫尔米娜向其深行一礼。

“那、那个，十分感谢。”

“没什么，应该做的。”

阿鲁努回复时的声音清朗温柔，一举一动都有点像电视剧中的人物。

虽然不是小忍中意的类型，可艾珐好像有点心动。

“不管怎么说您都帮了大忙。那个……您是叫阿鲁努？”

“是啊，你是叫小忍吧。我本想安安静静地把他们处理掉，引起如此大的骚动真是抱歉。”

“就算是对您的感谢，今天的酒钱请由小店代付。”

“不必不必，心意我领了。虽然我看上去是这副模样，可我也想过挣钱养活自己的那种有意义的生活。”

青年这么一说，小忍无言以对。

她朝阿信那边看了一眼，对方也只是耸了耸肩膀。

赫尔米娜此刻仍旧手足无措，自然也说不出什么。

这时，艾珐悄悄将放在霍尔格那里的护身符取了过来。

“掌柜，把这个送给阿鲁努当谢礼如何？”

“护身符吗？不过他会接受吗？”

“我爷爷说过，‘云游者向明而动，幸逢玄运’。”

“还有这种说法？”

阿信高兴地接过艾珐递来的护符，郑重地交给阿鲁努。

“我家招牌接待都这么说了，您会接受吗？”

“那样的话，我真是太高兴了。”

阿鲁努就像贵公子般恭谨地接受了护符，并向艾珐、赫尔米娜还有小忍行了一礼。

“北方有三位幸运女神。若是女神赐予护符，必定有幸运之事降临。”

如此装腔作势的话从这个男人口中说出，竟别有一番风韵。

“那么，这件事就这样结束了。刚才其他桌有人在吃……那个叫天妇罗？我也想尝尝。”

“好的，马上来。”

小忍回应的空当，阿信已经开始烹饪了。

听着小忍的说明，阿鲁努好奇地盯着抹茶盐，并用小指尖蘸着舔了一下。

没多久就炸好的天妇罗，被一道一道摆在阿鲁努面前。

天妇罗以大虾为核心，配以时令蔬菜，阵容异常强大。

轻轻咬上一口。

阿鲁努咀嚼天罗妇的声音清脆悦耳。

这是舞茸天妇罗，居酒屋菜单中人气极高的一款料理。

在蘑菇类的天妇罗中，总有一两道料理能让人产生舒适从容的口感。

在阿鲁努移到柜台落座后，艾珐和赫尔米娜一直盯着他看。

“这个……真不错。”

“能合您口味的话真太好了。请多吃一点。”

阿信将炸好的天妇罗沥干油后直接放到阿鲁努的食盘中。

在椎茸、口蘑与杏鲍菇等蘑菇之后，还有秋葵、藕、青椒、沙丁鱼、鱿鱼、章鱼等多种食材。

蘸满天妇罗调料的杏鲍菇入口后的重重口感，还有秋葵黏软的回味。炸得滚烫的藕片和肥美的沙丁鱼。大块的鱿鱼、爆炸的章鱼越嚼越有味。

阿鲁努对每道天罗妇都“爱不释口”。

那样子完全像是个胃口奇佳的孩子。

由于吃得太急，差点就噎到了，赶忙喝口啤酒将食物顺下去。

“原来天妇罗是这么好吃的东西。炸物我吃过很多，不过……这个才是正解。真想让伊萨库也尝尝。”

“伊萨库？”

听到小忍的问话，阿鲁努并未停止用餐，脸上浮出了害羞的笑容。

“是我的朋友，是亲密无间的好友。”

“好的，下次请一定一道前来。”

“嗯，伊萨库也非常喜爱美食。”

阿鲁努贪婪地将天妇罗一扫而光。

用叉子叉入，送入口中，咀嚼，喝啤酒。用叉子叉入，送入口中，咀嚼，喝啤酒。

这种就餐方式让旁人看着都会食欲大开。

坐在近旁的霍尔格和洛伦兹两人双双喉咙作响，同时举手向小忍示意点菜。

“小忍，给我也来一份天妇罗。”

“我也要一份，请快点上。”

“好的，两份秋味天妇罗。十分感谢。”

阿信做料理的速度因为熟练而快了不少。

可即便如此，也赶不上三人进食的速度。

“不用这么着急吃，天妇罗又跑不了。”

“就算跑不了，凉了也会不好吃啊。”

“在刚刚炸好、味道最佳的时候就吃掉，也算是对料理制作人的尊重吧。”

两人边说边大快朵颐，而阿鲁努则边品味天妇罗边喃喃自语着什么。

“这种脆脆的绝妙口感，有点像初夏沙滩上赤足行走的少女……不，是像秋夜天空中的星辰。”

“阿鲁努先生，您吟的是诗吗？”

“啊，实际上我的愿望是成为吟游诗人。”

“吟游诗人……吗？”

“您这水平可……”小忍赶紧把滑到嘴边的后半句话生生吞了回去。

虽然自己不知道这个世界的诗歌是何种模样，不过从着迷于天罗妇的另外两人，还有赫尔米娜及艾珐的反应来看，阿鲁努的诗歌似乎并不高雅。

虽然对待女性的方式以及行为举止称得上得当，可诗作却欠缺高雅，阿鲁努大概就是这样的人吧。

“啊，阿鲁努先生，您创作的是什么类型的诗歌？”

“我到现在也在为定位而苦恼。是成为像贝代科那样歌颂战争与英雄的诗人？还是成为像德斯克温克那样歌颂自然与美的诗人？又或是像阿依娜姆或格穆利鲁那样撰写无常恋情的诗歌？”

“真、真好……”

激情澎湃的阿鲁努说出的这些名字，小忍当然一个也不知道。她现在只能了解到，异世界和元世界的诗歌的种类大体相同。

阿鲁努不知何时站了起来，他挥舞双手，就像在演讲一般。

“今日与‘居酒屋阿信’的相会真是命运的安排。我的目标，今日即可确定。库洛温凯鲁！我要像库洛温凯鲁那样，歌颂美食与美酒。这个决定真是太正确了！”

看到对方如同宣言般高声歌颂的样子，小忍想起了什么。

这位客人……喝醉了……而且是烂醉如泥……

古都居民即便喝多了，也只是脸色微红，目光涣散，所以小忍凭借眼睛观察无法分辨。

好像刚才只给阿鲁努端了一杯啤酒，小忍想着，安慰似的将青年扶着坐下。

到底该如何是好？

叫人去找他那位叫伊萨库的朋友过来？可由于大司教的警戒任务，今天店内好像一个卫兵都来不了。

正想着，店门口又莫名骚动起来。

“把阿鲁努那小子给我弄出来。”

小忍悄悄将格子门拉开个小缝向外窥视，只见几张熟悉的面孔正在“居酒屋阿信”门口集合。

这几个用嘶哑的声音叫嚣的男人，正是刚才被阿鲁努轻易撂倒的流氓们。刚才五个人无法战胜阿鲁努，这次人数好像增加了一倍。

“怎么办……”

小忍脸色苍白，而身后的阿鲁努则轻轻拍了一下她的肩膀。

“别担心，交给我。”

说着，阿鲁努便只身朝格子门外走去，快得众人连阻止他的机会都没有。

他一掌劈向吼声最大的男子的鼻梁，随后迅速转到对方身后勒住脖颈。

“喂，你这家伙，动作也太慢了吧。我现在醉得正是时候，下手可没分寸啊。”

看到阿鲁努的武艺如此高强，刚才那些嚣张叫喊的流氓们顿时收了声音，后退一步。

眯着蒙眬的醉眼，阿鲁努拍了拍身边男人的脸。

“你们要是珍惜这家伙性命的话，就把身上的钱都拿出来。”

“什么？你是在恐吓我们吗？”

“恐吓？说什么傻话。刚才你们在店中作乱时，没付钱就走了吧，现在就是补偿。”

“那也太多了……”

“算上利息和学费，快掏钱！”

看着那名流氓哭丧着脸收集同伙钱包的样子，被勒住脖子的流氓头目苦不堪言。

“这等武功，这等手段，莫非……你就是醉眼阿鲁努？”

“大丈夫行不更名坐不改姓，我就是阿鲁努。”

听到这个名字后，刚才还在伺机出手的流氓们一下便软了下来，更有人明显丧失了战意。

“真的是醉眼阿鲁努……”

“就是几年前，仅凭两人之力便将古都流氓一扫而空的传说中的男人……明明传说他已经不在古都了。”

“他有什么弱点吗？”

“只有两个，不过……”

“什么？”

流氓之间又开始细细低语。

听到“阿鲁努的弱点”，阿信与小忍对视了一下。

究竟是什么弱点？

“醉眼阿鲁努……人如其名，不堪酒力。一杯啤酒便会烂醉如泥。”

“喝多了才这么厉害的吧！那另一个呢？”

“另一个就是……作诗能力很弱。”

听到这句话后，阿鲁努咆哮起来。

他举起被自己卡住脖颈的流氓，扔向刚才评价自己诗才的那个流氓。

紧接着，又拾起另一个流氓掉在地上的木棒，情绪亢奋地冲入人群。这时的画风与先前截然不同，对战由优美的技艺一下变为凶狠的暴力。

“啊……啊……”

在小忍与阿信他们面前，原本是一人对十人的打架，变成了一名疯狂战士对抗十个普通人的战斗。

结果自然不必多言。

“真是大骚动。”

尘埃落定之后，“居酒屋阿信”店前站着的，只有阿鲁努一人。

流氓十人组全部被撂倒在地，躺在地上发出呻吟之声。

“这个，是他们刚才忘记付的钱。”

说着，阿鲁努将钱包拿了出来。小忍怯怯地接过钱包。

随后青年一言未发，挥手离开酒馆，消失在古都的夜色中。

艾珐小声嘀咕了一句：

“今后，店里都不要谈论诗歌。”

店内全员深深称是。

生蚝禁止令

“说起来这可真痛快啊！”

贝特霍尔德怡然地将手上的第一杯“先来一杯生啤”一饮而尽。

一直逍遥法外的流氓十人组终于被绳之以法，令人好生快活。如此一来自己就更没理由不好好喝上一杯了。

“真想对那个叫阿鲁努的家伙说声谢谢。”

“我觉得阿鲁努先生不是那种居功为傲的人哟。”

小忍一面笑着回答，一面切柠檬角。酸甜的气味飘散席间。

此刻还是太阳高照之时。“居酒屋阿信”正在开业准备中。贝特霍尔德过来了解昨晚事件的经过，他边听边用啤酒润喉。

今天就这样直接回家就好，报告书明日再写不迟。

本来此刻正是工作出勤之际，现在却变成了开怀畅饮之时。

“传言大司教即将莅临，卫兵队一度很是紧张。可好像那边会带自己的卫兵过来，古都的卫兵队还是照常行事。”

“来古都有什么事吗？”

“这个嘛……好像是寻找魔女。”

听到“魔女”二字，小忍和艾玹对视了一下。

大司教的事情似乎令两人想起了什么。当然，这与贝特霍尔德的事情无关。

“虽然有传言魔女在古都出没，不过并未对周边地区造成影响。撒库努辛普鲁库地区的魔女狩猎活动已经是百十年前的事情了。我不认为大司教会因为此事特意莅临古都。”

“是、是啊。”

“说起来，小忍，掌柜呢？”

在新婚妻子赫尔米娜续啤酒的空当，贝特霍尔德向小忍问道。

小忍听到后，脸上露出抱歉的表情。

“他忽然想起了某种想吃的食材，出去采购了。”

“掌柜想吃的食材，还真想知道是什么。”

其实贝特霍尔德在言语之间心里已有答案。

炸童子鸡。

掌柜一定是看到肉质优良的童子鸡。从小忍切了这么多柠檬来看，今晚可能会有炸鸡全席。

就在贝特霍尔德得意扬扬地嘴角浮出微笑时，忽然看到赫尔米娜正带着奇怪的神态盯着自己。他赶忙收起了笑容，恢复了正常的表情。

“我回来了。”

猛地一下向后门发出声音的方向望去，只见掌柜提着个大袋子走了进来。

袋中散发着大海的幽幽香气。

赫尔米娜好像也有同样想法，她用鼻子一耸一耸地闻着。由于本是渔夫的女儿，这种气味对她来说应该非常亲切吧。

“啊，贝特霍尔德先生，您来啦。”

“掌柜，今天不是要做炸鸡全席吗？”

“炸鸡？不啊，要做的是生蚝全席。”

生蚝？

没听过的食材。贝特霍尔德与赫尔米娜对视了一眼，妻子好像也不知道，微微摇了摇头。

掌柜将袋中之物咕噜噜一下倒在案板上。

那是些体型巨大的贝类。

“什么嘛，原来是这个。”

“您知道这个吗，贝特霍尔德先生？”

“东王国那边做佣兵时，常在海港吃到。”

贝特霍尔德一面回应着小忍，一面任凭记忆将自己带回到遥远的东王国。

仿佛自己那因奋勇拼杀而精疲力竭的身体，沉浸在了白葡萄酒和生蚝的美味之中。

只是想想那浓厚的滋味，便让人口水直流。

真的很好吃，烤制的也好吃，而生食最为好吃。

“可是，为什么叫生蚝？”

“因为一不小心的话，就会食物中毒。”

火器是圣王国和帝国边境交界处使用的一种神奇武器。

最初的设想是在手枪前端加上铁制炮筒，填入纯黑色火药后用火绳引爆火药。这样便可将远处的敌人击溃。

可实战中的主要作用倒成了利用巨大声响使敌人与敌方的战马处于恐慌状态。

虽然火器会被很多人视为胆小无赖的武器，但贝特霍尔德觉得这种武器还算不错。虽然自己不打算在实战中使用，不过若是身边有位操控火器技艺高超的队友，作战时心里便会多一分底气。

在某些情况下，火器会飞出碎片伤人，生蚝正因此而得名。[①]

“啊，我们这边也是这样啊。”

“偶尔也会有人死掉，不过人数并不是很多。”

贝特霍尔德昔日的战友中，就有人因为食用生蚝而中毒身亡。

明明知道食用生蚝容易中毒而亡，但因垂涎美味而奋不顾身，那家伙也算是死得其所。

“嗯嗯。”

贝特霍尔德一面用毛巾擦着双手，一面期待满满地望着生蚝。

掌柜带来的生蚝个头足够大。如果再来一杯白葡萄酒，那味道

---

① 在日语中，火器与生蚝的发音相同。

真的是绝了。

“贝特霍尔德先生，您现在已经是喝酒的状态了吗？”

“还不到那种状态呢。掌柜，我刚刚决定现在开始畅饮，难道这股气息从已经身体中‘泄露’出来了吗？”

“没有没有。不过，这些生蚝是计划晚上用的。”

“别把话说死啊，掌柜。如此美味的生蚝摆在面前，说什么‘计划晚上用’的话不是太煞风景了吗？”

为了让犹豫中的掌柜顺从己意，贝特霍尔德好像催促似的坐正身体。不知为何，一旁的赫尔米娜却拉了拉自己袖子。

“什么？赫尔米娜也想吃生蚝？”

被这么一问，赫尔米娜只是摸着肚子，摇了摇头。

这位外表端庄稳重，抒意直白清楚的新婚妻子，从结婚到现在都没有如此反应。贝特霍尔德温柔地抱着她的肩膀询问，可对方也并未回答。

一定是发生了什么事吧，再三追问却闭口不言。虽然有点担心，但此刻的重点是生蚝。

“掌柜，不需要什么复杂的烹饪方法。来一两个新鲜的生蚝，生的就好……”

刚说出“生”这个字，赫尔米娜又开始拉自己的袖子，这次的力度更大。

回头一看，不知是何原因，妻子居然双颊垂泪。

“喂，赫尔米娜，你怎么了？怎么哭了？”

可妻子只是微微摇头，擦拭着眼角的泪水。

“你有想说的话就说出来，赫尔米娜。”

赫尔米娜用平时想象不到的细小声音喃喃说道：

“我不想让老公你食物中毒而……”

“赫尔米娜……”

生蚝中确实含有毒素。

不过跟致人死亡的完全不沾边。

据贝特霍尔德所知，因食用生蚝而中毒而亡的只有一人。

“赫尔米娜，你不必担心。就算中毒也只是吃坏肚子罢了。”

“那也不行。即便有千分之一、万分之一的概率，我也不想这样……”

赫尔米娜将头深深低下，贝特霍尔德不顾众人目光温柔地抚摸着她的后背。这时，他心中忽然闪出一个想法。

“喂，赫尔米娜……你该不会是……”

赫尔米娜闭上双眼，点了点头。然后抚摸了一下与平时并没有区别的腹部，害羞地笑了出来。

“是的，我已经怀孕了。”

“啊啊啊啊啊啊啊啊！”

贝特霍尔德被自己情不自禁的喊叫声惊呆了。

真不知自己为何如此兴奋。

刚刚还在想此事是否为真。此事确实为真。

掌柜、小忍，还有艾珐拍手祝贺。他们如此惊讶，看来赫尔米娜还没有将怀孕这件事告诉店里。

只有小忍知道吧，她脸上浮现出满满的笑容。

众人纷纷道贺，温情祝福。

“赫尔米娜，恭喜恭喜！可要多吃点有营养的东西啊！”

“生蚝可不行。”

“当然！不过，掌柜刚才说今天‘居酒屋阿信’只提供生蚝……”

看着既高兴又慌张的贝特霍尔德，小忍笑着说道：

“有吃了也不会中毒的方法。”

掌柜熟练地将生蚝外壳去掉。

将菜刀从容插入，切掉闭贝肌。虽然看似简单，实则处理生蚝颇为费力。

贝特霍尔德也去过为食客提供铁网烧烤海鲜的酒馆，不过那些店都没有掌握要领。

掌柜如用魔法般将生蚝依次去壳。

留下来的是肥厚的贝肉。

虽然贝特霍尔德刚刚发誓不吃生贝，可眼前这场景着实令人垂涎。真像是引人犯罪的毒品。

贝特霍尔德刚刚情不自禁地咽了一口口水，就看到赫尔米娜一脸严肃地拉了拉自己的衣袖。

“小忍，请准备一下塔塔酱。”

“好的。啊，今天还有很多腌菜呢。”

“如此优质的生蚝，看来要拿出看家本领了。”

在掌柜处理生蚝的当空，小忍将煮鸡蛋切成碎末。这一场景在制作南蛮炸鸡时曾经见过！

“炸生蚝吗？”

“是的，贝特霍尔德很聪明啊。”

小忍利用鸡蛋壳熟练地将蛋黄取出，笑着加入切碎的煮鸡蛋与腌菜。这样看来，她应该是在做塔塔酱。此前食用南蛮炸鸡时只有美味留在记忆里，没想到只做塔塔酱一项就如此麻烦。

正在感叹之际，只见艾珐正向格子门方向搬运着什么。

七厘炭炉。

只一瞬间，这个看上去冰冰凉凉的携带式炭炉在放入焦炭后便呼呼地热了起来，

贝特霍尔德若仍是佣兵的话，他就会将这个物件在冬季长期战争时使用。

“……掌柜，那个莫非是……”

“今天购入的生蚝有点太多了。我想将这种美妙的味道与马夫宿舍大街的各位客人分享。”

掌柜说着，嘴角弯了起来。这表情明明在说“我的目的可不仅

仅是这个”。

真是个足智多谋的人。

在店前烤生蚝，这样一来不识此物的路人自然要驻足观看。随后便会像被引诱般进入店中消费。

比炸童子鸡时小心百倍地将贝肉裹满面衣，然后放入油中。

贝肉炸制时发出“扑哧扑哧”的声音，钻入耳朵，勾起人的食欲。

“赫尔米娜也想吃吧？”

“嗯，想吃一点。”

说着，赫尔米娜拿起什么东西吃了起来。贝特霍尔德看到妻子手中之物时，惊讶地后仰了一下。是柠檬，赫尔米娜正美味地吃着柠檬。

她手上拿着的，是刚才小忍切成小山堆般的柠檬角。

这段日子，赫尔米娜常吃些奇怪的东西。即便是包容度较高的贝特霍尔德，对柠檬那股酸酸的味道也怎么都无法接受。

“喂，赫尔米娜……”

“怀孕的话，就会像这样喜欢吃酸的东西。”

赫尔米娜边说边抚摸着腹部。贝特霍尔德无话可说。

虽然在战场上每每能够做出正确判断，但贝特霍尔德对家庭事务则不甚了解，更何况是怀孕这种事情，真不知道怎么做才好。

“虽然事情千头万绪，不过无论如何请支持赫尔米娜小姐。”

“话虽这么说，可是小忍，我现在完全不知该如何做才好。”

“先将小孩的名字考虑好怎么样？”

确实要想个名字。

可能有点着急，不过先从名字着手是最合理的做法。

“是啊，名字。最好是个强壮的家伙。叫葛欧鲁达或者阿鲁温鲁怎么样？”

“等一下，老公。我们的孩子还不一定是男孩呢。”

“啊，是这样。也可能生女孩。”

“女孩的话，要起个可爱的名字。”

勇敢的名字和可爱的名字。

两种名字同时考虑的话，大脑便会混沌。刚想到一个不错的名字，面前便如同被绳索牵引般浮现出拥有同样名字的某位熟人，随后又不得不重新考虑。

也想过为孩子取一个自己所尊重之人的名字。可好不容易降生于世，还是想让这孩子拥有一个属于自己的名字。

就在这思来想去的空当，炸制生蚝的声音变成了“啪啦啪啦”。

“喂，掌柜，差不多快好了吧。”

“嗯嗯，马上就好了。”

说着，掌柜开始将生蚝沥干油放入盘中。

“嗯？不像炸童子鸡时需要炸第二遍吗？”

“鸡肉和猪肉炸两遍才好吃，可对贝类来说就太过了。”

贝特霍尔德用“先来一杯生啤”清了清口腔，做好最后的准备。

脑海中浮现出昔日品尝生蚝时那种浓厚的口感，可近在眼前的却是炸制的生蚝。

到底是什么味道呢？

垂涎欲滴之际，小忍将食盘端至他的面前。就连食盘放到桌面上发出的那个声音，都在不停地刺激着他的胃。

“请用吧，炸生蚝。请蘸着塔塔酱一起吃。”

随料理上桌的还有刀叉。不过这道菜用不上刀子。

咬了一口。顿时感觉这才是生蚝的正确做法。

酥脆。

与怡人的口感同时出现的，是如奶油般的浓厚味道。

此前一直觉得生蚝生食最为美味，可炸制也非常不错。炸制与生食的口感完全不同，并不存在哪种更好吃的问题。

贝特霍尔德望了望正一脸担心看着自己的赫尔米娜，重重点了点头，将下一块生蚝蘸满塔塔酱。

虽然配南蛮炸鸡时也不错，不过与生蚝搭配也令人惊喜。

掌柜将格子门打开，暖暖的屋内瞬间吹进冷风。

店内温暖的感觉加上“先来一杯生啤”，红红的面庞，惬意的感觉。

酒馆正门传来铁网烤生蚝的噼噼啪啪声。

路人被美味所吸引，店内瞬时高朋满座。

真想某天带着自己的孩子过来坐坐。

口中吃着第三块炸生蚝的贝特霍尔德与赫尔米娜相视一笑。

烤饭团与药师弟子

一旦天色变得混沌，卡米拉便会将鬼首草和双刃剑叶从屋檐下取出。

两者都是稀有的药材原料，若被雨水淋湿，药性便会大减。

此前住在布兰塔诺公爵森林中时，无所事事的英格立顿老师还会帮把手。搬到古都居住后，自己这位老师便终日忙于探寻美食美酒。

说是为了让卡米拉交到年龄相近的朋友才搬到古都居住，这理由究竟有几分为真?

卡米拉轻轻地叹息了一声。不过，她对现在的生活并无不满。

卡米拉最初被抛弃在森林附近街道上的一个废弃水房中，多亏了英格立顿将哇哇啼哭的她及时救起，否则这个小姑娘早已不在人世。卡米拉对自己这位老师深怀感激之意，毫无怨恨之情。

特别是还能向老师学习药师的知识，这点更令卡米拉心生感谢。

总有一天卡米拉要独立生活，那时就可以以药师为业。

疾病和伤痛本就防不胜防，而古都医生的人数又非常之少。教会可以帮助病人的人也很有限。

药师的技艺既可帮助病人又可获得收入。

“生活就需要消费，为了赚取钱财必须有一技傍身”卡米拉将老师英格立顿的这番教导牢记在心。

卡米拉并不觉得住在森林或是古都有什么差别，不过住在古都可以多赚些钱。

英格立顿的草药店位于马夫宿舍大街，店铺担负起了工作与生活的双重职能。英格立顿与卡米拉睡觉的木台旁边便是用来研药的案板。很多药材都是在这里被捣碎成型。

煮饭的灶台也用来煎制草药，煎药用的平底锅，煮汤用的铁锅一应俱全，所有这些都是上一年年末入手的二手商品。

委托木匠公会制作的药品棚非常精致。这件家具还散发着木头的清香，那是卡米拉喜欢的香气。

收集的草药用绳子吊在天花板的房梁上阴干。洗涤的衣物也挂在同样的地方。

卡米勒所做的，便是每日清洁小店，磨制各种工具，并为老师提前准备好各种需要调制的药物。

被他人恐惧地称为“森林魔女”的英格立顿，对打扫整理之类的事情极为注意。

带着那份如同圣职者的严肃，英格立顿要求卡米拉务必将店内所有角落打扫干净。

打扫结束后，卡米拉便会外出迎接英格立顿。

她对老师会去的场所心中有数。老师最近常去的地方，是“居酒屋阿信”。

“我师傅在这里吗？”

卡米拉轻敲格子门后，艾珐迅速将门打开。这个在“居酒屋阿信”中工作的红发女孩，甚是可爱。

“卡米拉小姐，英格立顿女士今天也没来。”

“啊！是我弄错了。那我再去别家找找。”

“好像要下雨了，您不在店里等等吗？也许一会儿您师傅就来了。”

好像确实是这样。

在森林生活时，并不存在什么觥筹交错的场合。古都内的酒馆多如牛毛。虽然英格立顿中意的酒馆数量有限，不过师傅若是去开拓新店的话，卡米拉也没法找到。

“那就打搅您了。”

“请坐，今天我家试做了新的料理。”

感觉到艾珐牵引自己时那温柔的小手，卡米拉心中一动。

在这之前的牵手对象？时间已经太久，记忆已经残缺。

店内还像往常一样洋溢着温馨的气息。

这种感觉有点像自己在森林深处那间祭祀雪狐的祠堂里体会到的感觉。

“啊，卡米拉，欢迎光临。”

“……欢迎。”

欢迎客人的还是熟识的小忍和掌柜。

卡米拉很喜欢这里的料理。

特别是布丁。

那种甘甜是有生以来第一次尝到。

自己点的话会有些不好意思。老师英格立顿点的时候若是自己不在左右也无法吃到。不过可以偶尔吃一次当成对自己的奖励。

“我在这里等等老师，打搅了。”

卡米拉赶忙鞠躬行礼，随后便被引到柜台坐了下来。

“今天还有些试吃的料理，可以的话请吃完说说感受。艾珐也试吃一下。”

随着这句话被端到自己面前的，是炸鸡。

此前看到过炸童子鸡，不过现在这道菜的形状稍有不同。

“不是炸童子鸡吗？”

“今天是新研发的药研炸鸡脆骨。”

“药研炸鸡脆骨”是个没听过的词语。可用手拿起软骨的瞬间，卡米拉的脑海中忽然如魔法般闪过一个念头。

“啊啊，和药研有点像啊。”

卡米拉对“居酒屋阿信”使用的语言一窍不通。不过店里偶尔也会发生用语如此巧合之事。

这样看来，司职语言与传统的雪狐精也会在这里显现吧。

“卡米拉小姐，这个很好吃啊。”

看着如小动物般咀嚼食物的艾珐，卡米拉伸手拿起一块“药研鸡脆骨”。

原来如此，这道菜确实很新颖。

加入香辛料的炸鸡那种弹弹的口感真令人停不下来。

与普通炸鸡相比，味道截然不同。虽然卡米拉不喝酒，不过下次若是忽然被师傅吩咐去买下酒菜的话，自己心中大概有把握了。

“这个，很合适。”老师英格立顿应该会这样说。

“嗯，好吃。”

“是吧是吧！”

艾珐看到卡米拉享受美食的样子，好像自己也在享受般地笑了起来。而卡米拉看到她后，也情不自禁露出了微笑。

啊，这种发出会心微笑的感觉真是不错。

正想着，对面柜台内侧飘出了不可思议的香气。

这种味道在店门口闻到过……

“是酱油吗？”

掌柜一面“啪嗒啪嗒”地扇火，一面无言地点了点头。

诱人香气，令卡米拉肚子阵阵作响。说起来，自己从早上到现在只吃了几片薄薄的面包，喝了几口果汁。本想着师傅英格立顿中午便会回来，所以到现在已经饥肠辘辘。

“这道料理是？”

被艾珐这么一问，掌柜满面笑容地答道：

“是烧饭团哟！”

从柜台内拿出的铁网上面正在烤着什么。掌柜用类似刷子的工具将酱油涂在上面，滴落的酱油发出“嗒嗒”响声，而网上的烤物则散发着诱人的香气。

真令人垂涎欲滴。

就算还没有开吃，也已经感觉到了美味。

制作料理过程中发出的声音与香味也算是用餐的一部分吧。

卡米拉心中暗忖：这种用餐方式还真是奢侈。

说起来，在森林居住时师傅英格立顿在配药绝不会让患者在一旁观看。这一习惯，在她搬到古都之后依旧没有改变。

卡米拉曾试着问过其中道理，老师以一句“患者不是来买药的，而是来买安慰的”，强硬地顶了回去。

那时的卡米拉不知道老师话中之意，现在的她才多少有些领悟。

有些情况下，令患者目睹药物制作过程会增加药物的价值。而在另外一些情况下，看不到制作过程也会增加价值。

由于炸鸡脆骨的制作方法相对简单，食客看到烹饪过程会产生更好的就餐体验。

不让看到制作过程，反而是一种增加期待值的做法。

“久等了。”

掌柜端出的食盘中放着两个做好的烤饭团。

一个是酱油味，另一个是味噌味。

“还很热，注意别被烫伤。”

耳边听着艾玹善意的提醒，卡米拉小心翼翼地用手拿起饭团，真的好烫。

烫也没关系，依旧送入口中。

烤得酥脆的饭团入口后一下子便散开了。

酱油的香味与热度在口腔中扩散，越嚼越有回甘。

这样的食物真是头一次吃到。虽然有点难为情，不过口中那种特别的感觉真是“吼吼吼……”。

艾玹好像也心有灵犀似的，吼吼吼地笑了出来。好像在说“正是这种感觉啊”。

卡米拉带着愉悦的心情，将手伸向了味噌饭团。

这个，也很美味。

烧烤程度不同的两个饭团都非常可口。回过神来的时候，才发现两个饭团都已吃完。这样的料理，若是加入“居酒屋阿信”菜单一定会人气爆棚。

味噌的味道比酱油更浓厚，老师英格立顿应该会喜欢，卡米拉想到这里吓了一跳，没想到自己比想象中还要仰慕老师。

这种感觉还不赖。

“哟，这不是卡米拉吗？”

说出这句话的，正是打开格子门将头探入店中的英格立顿老师。

“老师，我刚才一直在找您！”

英格立顿笑着在柜台前坐了下来。微微被雨淋湿的袍子散发着草药的幽香。卡米拉闻到草药幽香的瞬间便平静了下来。对于已经与英格立顿共同生活七年的自己来说，这种幽香就是家的味道。

“给我来一份与卡米拉同样的，以及‘先来一杯生啤’。”

“师傅，现在天还早啊。”

“哦哦哦，好可怕好可怕。”

卡米拉觉得，即使自己很生气，也会在看到老师英格立顿享受药研炸鸡脆骨和啤酒之后变得开心起来吧。

艾珐端来啤酒后，英格立顿仰头一饮而尽，嘴边都是白色泡沫。老师每次都是这样，饮入第一杯啤酒时就好像在饮琼浆玉液。

“卡米拉小姐，若是以后能喝酒了，可以一起喝点啤酒啊。”

“嗯！”

被艾珐这么一说，卡米拉重重地点了点头。如此美酒，两人对饮总好过一人独饮。而且能与艾珐一起用餐，胃口也会变得格外好，真是不可思议。

“这个炸鸡脆骨真不错啊，和啤酒很配。”

“是吧是吧！”

卡米拉忽然意识到自己此刻的反应与艾珐刚才的反应完全相同，不禁向她望去。

也许是注意到了对方的视线，艾珐得意地笑了出来。真不好意思。

为了掩饰害羞，卡米拉将头转了过去，却看到老师将一个包裹放在地板上。

“老师，今天不是要连续喝上几家吗？”

“喂喂，这个徒弟怎么把我当成酒鬼了。”

“难道不是酒鬼吗？”

“这个……我只能说自己完全认同你所说的是‘局部真理’。”

说着，英格立顿便笑了起来。

她将带来的包裹打开。

包裹里面是一套漆黑的袍子，尺寸比英格立顿自己穿的那件稍小。

“卡米拉你也差不多过了戴红头巾的年纪了。你之前不是老像个小孩子似的念叨吗？”

“……师傅！”

英格立顿一面抱着卡米拉的头轻轻抚摸，一面露出了微笑。

“能与年龄相仿的朋友互动良好，看来你也是个优秀的药师见习生了。穿上这件袍子，明日继续努力。”

“明白！”

“太好了，卡米拉小姐。”

卡米拉摸了摸深黑色的袍子，对着艾珐露出了微笑。

“叫我卡米拉就好了。那我也叫你艾珐吧。”

“嗯！”

在艾珐元气满满的回答之后，两人相视一笑。而英格立顿的肚子叫了起来。

“对了，刚才卡米拉吃的那个东西，怎么还没上？”

“好的！请稍等！”

站在柜台深处的掌柜点了点头。

酱油与味噌的香气，再次飘来。

店外下着秋雨。

在古都居住是件不错的事情，卡米拉第一次如此想到。

西班牙式蒜香蘑菇

“今天的料理也很美味啊。”

将吃完午饭的汉斯送走后，店内的客人只剩下阿鲁努和英格立顿。

“居酒屋阿信”虽然只在晚上营业，不过常客往往会提前到店。由于不忍心拒绝他们，店里也会做些料理，可这番好意却引得阿鲁努和英格立顿日日提前到来。

“你还要吃天妇罗吗？”

“英格立顿女士您也还要布丁吗？”

两人的料理总是天妇罗与布丁。小忍也会每每在他们到店之前便开始准备。

“这个居酒屋所有的菜都很好吃，除了天妇罗不想试试别的吗？”

“这样说来，英格立顿女士您也可以点些布丁之外的东西啊。”

“我就不用了。反正已是朽木之身，就让我在充分享受自己喜欢的食物后再和这个无常世界说再见吧。”

“看您这状态至少能活一百岁啊。”

两人间的斗嘴，其实相互并无恶意。药师和浪荡公子之间本没什么交集之处，可他们却出乎意料地和谐。

就在这样的你来我往中，英格立顿忽然将视线落在了阿鲁努的食盘上，是舞茸天妇罗。今天采购的舞茸质量极佳，这道料理也是阿信的得意之作。

“蘑菇吗？真是珍稀的品种。”

“嗯嗯，是一位特别的供应商带来的。”

说着，英格立顿便用叉子叉起一块。

“说起蘑菇，还有一件傻乎乎的事儿呢。”

边笑边说的英格立顿此刻的语气忽然变得颓唐，可能是酒精的作用吧。

“昔日的圣王国，有一位身材高大的修女和一位身材矮小的学僧。矮小学僧学识渊博，可总被周围的人当成傻瓜。他一直希望能找机会挽回局面。终于有一天，矮小学僧接到了一项重大任务。”

所谓重大任务，就是巡视教会总部，为圣王都教导圣省的大贵族准备欢迎宴会。由于这位贵族是教会捐赠的大金主，所以欢迎宴会不可有丝毫闪失。

两名后辈负责料理的筛选工作，他们从圣王国知名餐厅借调料理人，并制定宴会的菜单。此外还要将无法提供或不妥不雅的食材单品、食物组合，以及烹饪方法排除在外。高大修女负责酒与甜品的选定，矮小学僧负责料理部分。

“矮小学僧干劲儿十足。他查阅了大量古籍，并排除了很多问题。不过……”

“不过？”

小忍听得着急，英格立顿却放声大笑。

“他忘了调查最重要的撒库努辛普鲁库侯爵领地内的习俗。”

虽然阿鲁努听到“撒库努辛普鲁库侯爵”这个名字时微微有些反应，不过英格立顿并未在意。她继续说道：

“那位侯爵的领地好像就在古都附近，而那一地区的人是不吃蘑菇的。作为主菜的大盘中却以蘑菇为主要食材。矮小学僧偏偏漏了这点，真是百密一疏。”

小忍背部冷汗直流。

在为顾客事前准备食物时，先要排除出客人不喜欢的食材和不妥不雅的料理，这在饭店中也极为重要。所以英格立顿的话对她触动很深。

“那撒库努辛普鲁库侯爵有什么反应？”

阿鲁努面带痛苦地问道。英格立顿笑盈盈地看着他说：

“你担心的事情没有发生，阿鲁努。学僧安全过关。当时的撒库努辛普鲁库侯爵是知名的开明人士。不过也必须有人为此负责。”

“侯爵不是没生气吗？”

“小忍你也不是小孩子了，应该明白吧？任命这两人承担这项任务本就是为了提拔他们。发生这样的事也给提拔他们的人带来了困惑。”

“那是学僧受罚？”

“不是，离开圣王国的是修女。她将所有责任一并包揽。”

修女将自己承担全部责任的申请书寄给所有相关方。第二天，她的身影就从圣王都消失了。由于她消失得太快，最后官方便将修女判定为正犯，而将矮小学僧判定为错误卷入者。

“怎么说学僧也是个博学多闻之人，前途大有希望。这样一来万事解决，真是个幸运的家伙。”

“那……修女呢？”

“也许出乎大家意料，在某处混得很好吧。”

英格立顿说着笑了起来，她的神态比往常更加明朗。

“这周围的人原来都不吃蘑菇的？看到蘑菇如此受欢迎，真是没想到还有这段历史。”

听到小忍的喃喃自语，阿鲁努回应道：

“大概在一百年之前，这里曾经进行过‘魔女狩猎’运动。原因是人们怀疑魔女散播毒蘑菇使人食物中毒，结果却是一场冤案。不过大家并没有放松对毒蘑菇的警惕。而且这附近有很多种不易区分的毒蘑菇。还有的蘑菇种类和酒搭配便会导致食物中毒。”

“你知道得还挺多啊，阿鲁努。”

“这周边的人都知道啊。不过现在的年轻人都对那个‘魔女狩猎’没什么兴趣，而且将料理剩下的话也会感到可惜。”

阿鲁努笑着吃了一口舞茸天妇罗。

“不好的话我就不说了。小忍、掌柜，我劝你们不要做那种一看外形便知道是蘑菇的料理。”

“可我家都卖了很多份这种料理了啊。”

“已过百年，不吃蘑菇的习惯也已经淡化。大家都未留意此事。不过若是做成天罗妇这种看不清外形的料理倒是问题不大。”

原来如此，小忍点了点头，而阿信正满面悲伤地望向她。

“莫非掌柜你……”

“刚刚采购了不少的……洋菇……”

阿信的毛病之一就是容易超量采购食材。

一旦发现好的食材，便会购入远大于实际需要的数量。

看了一下阿信展示的袋子，小忍发出“啊”的一声。

“这些都是不能长时间存放的东西，要尽早用掉才好。”

看着满面愁云的阿信，英格立顿与阿鲁努发出了会心一笑。

“太幸运了。我与阿鲁努都是没有蘑菇禁忌的那种人。多上些没问题，也帮你处理一下库存问题。”

英格立顿这句话如同雪中送炭，阿信重燃信心，挽起袖子开始准备蘑菇料理。

将蘑菇切成易食大小，用煎锅将橄榄油加热后放入蘑菇，最后加入辣椒。

“喂，是要油煮吗？”

“您知道这种做法吗，英格立顿女士？”

“年轻的时候吃过很多次。这种做法价格便宜而且味道鲜美。我此前也想让卡米拉做一下试试，不过这里位置偏北，无法弄到好的橄榄油。”

橄榄油的香气钻入鼻腔。掌柜将大量大蒜末投入锅中，内中香气直入胃中。

随后适量放入盐和香芹，这道西班牙式蒜香蘑菇就做好了。

“说起来，掌柜，这期间你都没做过这道西式蒜香料理？”

“那个时候只有章鱼啊。”

“目前为止都是日本菜一边倒，为什么现在忽然吹起了西洋风？虽然居酒屋的菜单上多些单品也不错……”

“‘守破离’，是因为‘守破离’。”

盛入食盘中的蒜香蘑菇香气扑鼻，阿信用这道菜巧妙地化解了小忍的怨气。要是没有蘑菇问题的话，这道菜可以成为酒馆的固定菜肴。

天妇罗爱好者的阿鲁努也好，布丁爱好者的英格立顿也好，两人双双咽着口水，手持叉子，焦急等待，望眼欲穿。

“好了，请用吧。”

将食盘送出柜台后，阿信又开始烤起面包。

一般来讲这道菜配的是长条面包，不过店里还做不到事事周全。

现在烤的是住在二楼的掌柜买来当作早餐的面包。

橄榄油将蘑菇与大蒜的味道完全吸收，要是用面包蘸着吃，只想想便已是极致的美味了。

想吃。这个，必须要吃到。

小忍希望掌柜能分一部分蒜香蘑菇给自己尝尝，而掌柜却微笑着说道：

“对不起，小忍，里面放了不少大蒜。”

“掌、掌柜……”

由于是服务业，开店之前不能吃太多含有葱蒜的食物。

阿信没有理会流着“血泪”、怨声载道的小忍，继续准备下道料理去了。

将寸锅中的水烧开，下意面煮熟。

将刚才制作蒜香蘑菇的煎锅加热，放入煮熟的意面。充分翻炒后便做成了带有蘑菇的橄榄油意面。若是加入少量辣椒及塔巴斯哥辣酱的话，可能味道更佳。

“老师，您今天也在这里吗？”

穿着黑袍的卡米拉不知从何处突然走了过来。

上次还穿着带有红色头巾的外褂……看来她对英格立顿送给她的黑袍很是喜欢。

为了成为出色的药师，必须与老师英格立顿的打扮一致。

“啊，老师您太狡猾了！自己吃这么好吃的东西！”

“卡米拉也来点，掌柜还煮了意面。”

“我开动了！”

卡米拉用叉子挑起阿信烹制的香辣意面。

“好辣！”

对卡米拉来说，意面可能有些辣，可她还是一面说着好辣，一面心满意足地继续进餐。

在将库存蘑菇消灭完之前，一定要让掌柜为自己做一次不含大蒜的蒜香蘑菇，小忍心中暗暗决定。

牛筋土手烧

刚咬了一口沙丁鱼天妇罗，伊萨库便陷入沉默。

这究竟是什么味道？

酥脆的面衣将鱼肉的美味紧紧包裹。

听阿鲁努说找到了家好店，自己便乐呵呵地赶来了。面前的这道料理真是存于世间之物吗？

此前阿鲁努也带自己去过一些他认为不错的酒馆。

那些大概都是东王国风格的酒馆，味道确实不错。

可那些美味都是伊萨库可以复制的味道。

出生在料理人世家的伊萨库，冥冥中感觉自己将来的人生也会与料理相关联。这不仅来自家人的期盼，更来自自己对料理天生的好奇心。

作为料理人，就应该不畏困难，积极进取。

因此，伊萨库只对那些自己做不出来的料理保持惊奇。

不过这道料理的烹制方法自己是知道的。

用鸡蛋、小麦粉和水和好面衣，将食材浸入其中，裹上面衣后放入油锅炸，仅此而已。

不过若是自己烹制的话，可能不会如此美味吧。

伊萨库估计对方在准备工作上可能花费了很大心思。

“不合您的口味吗？”

看着一脸担心的服务生，伊萨库摇了摇头，将剩余的天妇罗送入口中。

真的很美味。

快要噎到时饮入的“先来一杯生啤”也很不错。

作为需要，自己此前曾品尝过很多种类的啤酒，相比较而言，眼前这杯也许是最棒的。

酒液如此澄澈，这与玻璃酒杯和注入酒液的方法多少有些关系吧。

也许是自己过分解读了。不过真的很好喝，只要有这个就足够了。

虽然刚刚入夜，可“居酒屋阿信”已经客满。

小小室内，无论是常客还是生客都惬意地享受着自己喜欢的美酒佳肴。

自己去过包括帝都在内很多帝国境内的酒馆，可气氛如此怡人的店铺真是难得一见。

“说起来，您是阿鲁努先生的好友吧？”

“阿鲁努没给贵店添什么麻烦吧？”

“瞧您说的。”

将自己定位为浪荡公子的阿鲁努，是伊萨库所仰慕的人物。

店家虽然那样说，可总觉得自己那位朋友多少添了些麻烦。

伊萨库重要的工作之一，就是令作为贵族子弟的阿鲁努继承家业，造福百姓，不因小事儿而奔波于世。

可阿鲁努此刻竟没有按照约定前来。

“今天阿鲁努先生没有来真是遗憾。”

“是啊。如此美酒美食，阿鲁努也会喜欢的。”

“您这样想我真是太高兴了。”

至于阿鲁努此刻正在做什么，伊萨库大体也猜得出来。

应该是正在搜寻那晚在店内动粗的流氓们的踪迹。

那几个被卫兵队逮捕的流氓在付完罚金后，好像只在牢房待了一天便又开始在街上游荡。

好像还有传言，这几个人已经与古都流氓头领，一位叫达米安的男子，联起手来。

由于担心他们会怀恨于心再回来报复，才把伊萨库叫到这里来的吧。

刚才吃的是沙丁鱼天妇罗，现在试试炸什锦。虽然最初想用刀子将混有洋葱和小虾的炸什锦切开，不过想了想还是试试豪放些的吃法。

咯吱咯吱。

咯吱咯吱。

咯吱咯吱。

根本停不下来。

没多想，整块炸什锦便已被消灭干净。

油炸过的洋葱直接吃多少会有些油腻，做成炸什锦应该是花了很大的心思吧。

洋葱松软的甘甜味道令人着迷，与爽口的“先来一杯生啤”也是绝配。

随着伊萨库的喉结上下移动，酒杯中的酒以肉眼可见的速度被喝干了。

他刚拿起酒杯示意再来一杯的时候，女服务生便与自己对视了一下，随后会意地点了点头。不多久便将续杯的“先来一杯生啤”端了过来。这种以心传心的感觉，真是奇妙。

以上种种应该都是阿鲁努对这家店称道的原因。

别看阿鲁努表面上一副儒雅书生之态，他在人际交往方面其实是个很难取悦的人。不过若是服务如此令人舒心的酒馆，阿鲁努怎会不满意呢？

蘑菇天妇罗的口感也很有趣。

此前只见过用蒸煮之类的烹饪法，眼前这种烹制蘑菇的方法真是想都没想到过。

伊萨库的先祖生活在北部地区，那里有些蘑菇不充分煮透的话便会含有毒素。

因此，自己几乎不会吃煮物之外的蘑菇。原来蘑菇还有这种烹饪方法。

最为惊艳的，就是这个树根。

服务生小忍管它叫牛蒡，可外形怎么看都像将树根切成细条的样子。

而且还与胡萝卜一起被做成了炸什锦。

虽然口感无法与洋葱相比，但也非常美味。

“料理世界真是惊奇满满啊。没想到树根也能这样好吃。”

“牛蒡，确实很好吃啊，是我祖父喜欢的食物。”

小忍边说边笑，而伊萨库却接不上话。

想来眼前这位少女是生长在必须挖树根才能活下去的贫瘠土地上吧。

最初是想着怎样能让树根可口一点，才决定用油炸的方法。油炸之下，牛蒡便成了“身为树根却非树根”的状态。

真是道出色的料理。

经过几代食用树根先辈的努力，终于研制出天罗妇的烹饪法。

用能获得的食材，加以创意，从最初的素炸，发展到此后的包裹面衣油炸。并在可以获得鸡蛋之后，最终成了现在的这道天罗妇料理。

这样说来，那些繁复的准备工作就不难理解了。

不浪费任何料理的高尚精神、对通常食材烹饪技术的无限求索，这便是料理的升华之所在。

细想起来，在他们及他们祖先的努力中，应该可以感受到神的眷爱。

随着盘中天妇罗的减少，伊萨库心中作为料理人的好奇感开始沸腾。

天妇罗，真是美味。

店里其他料理也会不错吧。

真想学学掌柜的技艺。若是能偷师那再好不过。

“这份天妇罗，真是好吃。下道菜能不能给我来份味道重点的……煮物料理。”

“好的，一份口味稍重的煮物料理！”

轻快的应答声之后，沉默的店主便开始准备料理。

伊萨库本想偷师学艺，可出乎意料的是，掌柜从一个锅中取出已经调制好的食材，然后放入另一个稍小的锅中重新加热。

点火加热后，锅内发出“扑哧扑哧”的声响以及甜甜的香气。

有点像煮透的豆子所发出的气味，却又不太像。

“小忍小姐，这道料理是？”

“这是牛筋土手烧。”

“牛筋……土手烧吗？”

这是从没听说过的名字。

锅中团团翻动的倒像是牛肉，可似乎并不是平日常吃的部位，好像是牛腱子。

若是不能充分煮透的话，可能会因为太硬而无法食用。

“里面煮的，是牛腱子和……什么？”

“魔芋。”

“魔芋……”

又听到了一个闻所未闻的名字。

伊萨库对帝国、东王国，还有北方三领邦的料理十分精通，可现在却想不出与这种名字相当的食材。

看上去软软的食材，有点像动物的内脏。

由于保持内脏的新鲜度非常困难，所以在市场上很难买到。很多地方都有对内脏独特的称呼。即便看到后知道该部位的名称，若是对方忽然说出一个当地特有的名字，自己也不会知道究竟是什么部位。

用牛腱子或者内脏，这是贫瘠地区的料理手法吧。

即便是这样，味道可真香啊。

随着上火加热，往鼻腔中钻的香气越来越浓。

甜甜的浓厚香气与锅中发出的“扑扑”声音，共同敲击着胃。明明刚吃过天妇罗，现在却又陷入了空腹的错觉。

“让您久等了。”

料理上撒着葱末。

盛在小碗中被端上来的牛筋土手烧包括被淡茶色浓味汤汁所包裹的肉块及魔芋。

近一看，果然是腱子肉。

坚硬部位的肉以或煮或烤的方式，烹制出口感鲜美的料理，这个伊萨库还是知道的。这两种方法都是体现肉类本来滋味的重要料理方法。

不过，眼前食物的香气却格外引人注意。

浓厚的香气诱人食欲。

可这样不会盖住肉本身的香味吗？

带着这个疑问，伊萨库将食物送入口中。

好柔软！

虽然一直想的是硬邦邦的腱子肉，没想到入口后竟是如此柔软。

不仅如此，肉本身的味道并没有被盖住。碗中的汤汁更像入味用的调料，与肉块非常匹配。

还有魔芋。

入口后只有糯软的感觉，不过这种口感也算有趣。

与肉块一起送入口中，令人感觉快乐无穷。

“要是天气寒冷的话，就会想吃土手烧。”

“请给我来一份与这个土手烧相配的酒。”

小忍端来的，并不是“先来一杯生啤”的大酒杯，而是小小的瓷杯。

无色透明的杯体中，飘散出阵阵芳香。

伊萨库接过酒盅。酒盅微微发烫。

试着微微抿上一口，口腔中立刻被清爽的美味所裹袭。

“烧酒您觉得合适吗？”

“这种酒，叫烧酒吗？”

虽然小忍说了烧酒的品牌，可无论是“会津誉”还是“饭丰”，都是些没听过的牌子。

这些名字不知为何总给人一种异域风情的感觉，真不可思议。

吃着土手烧，喝着烧酒。

仅仅这样，幸福感便在腹部深处扩散。

“对不起，这个肉，是牛腱子吧？您是用什么方法将这个煮得如此柔软的？”

回答这个问题的并非小忍，而是厨房中的店主。

“我家这个要煮三天。”

三天。

听到这个自己绝对想不到的回答，伊萨库一瞬间几乎晕厥。

这是家居酒屋，并非宫廷的料理场。眼前站立的是居酒屋的店主，并非王侯贵族的厨师长。

这家普通居酒屋的料理，居然要煮三天。

对这单单一份料理所付出的热情，真令伊萨库无话可说。

不光是时间成本，还有炭火费，都不是个小数目吧。

不过也正因如此，这道料理才有如此味道。为了达成如此味道，店主才如此炖煮。

这样的行为绝说不上愚蠢。

实际上，只有这样做才能烹制出美味的料理。

“啊，我真是心服口服。说真的，我刚才是想偷师来着，现在真是不知如何是好了。看来真不是那么简单的。”

“土手烧对肉的准备工作要求很高。在三天炖煮肉质柔软之后，还需要加入调料额外再煮一晚，使味道沁入肉里。”

“此外，味道的调整也很重要吧？”

“我家有位优秀的味觉担当。”

店主朝小忍的方向望去，只见她高兴地吐了一下舌头。看到这场景，伊萨库内心倍感温馨。如此优秀的店铺，只是看上一眼便可感受幸福气氛。

真是家温情满满的酒馆。自己以后一定要多多光顾。

“在这里开店已经快满一年了，可还是不太熟悉古都的料理。”

“我可以介绍几家白天也营业的酒馆。您白天可以出去尝尝其他家的料理，也可以学到很多东西。”

“那真是太感谢了。”

最近一段时间，古都的旅馆也好，酒馆也好，都在全力以赴为大市开发新料理。沉浸在此种氛围之下，对“居酒屋阿信”来说正是百利而无一害的事情。

刚刚将所推荐酒馆的名称与位置告诉店主，伊萨库忽然想起了一件必须处理的事情。

“小忍小姐，我有一个请求。”

“什、什么？”

看到一脸认真的伊萨库，小忍有些畏惧。

“……请给我再来一份牛筋土手烧，请尽可能多盛一点。还有，再来一份烧酒。”

“好的！”

若是阿鲁努吃到这道料理，一定会吟出什么诗句吧。

品尝着牛筋土手烧，伊萨库忽然不可思议地想要听那些粗陋的诗句了……

自信的料理

“这是怎么回事，男爵？”

刚刚开店没多久的“居酒屋阿信”，再次迎来了不速之客。

两位顾客中，有一位曾经光顾过阿信。

是布兰塔诺男爵。

他是拥有古都周边土地的贵族。

他是喜爱纸牌游戏的贵族。

他是曾提出过将“居酒屋阿信”包下一晚无理要求的，但在品尝过小忍的美味炸猪排三明治后便心满意足离开的贵族。

棘手的，是另一个人。

那是一位对男爵表面客气，但话语中藏着傲慢的白发老人。小忍对这位老人的品性无论如何也猜不出来。

老人身着华服，腋下夹着一把小小吉他状的乐器。这让小忍对他的职业完全摸不着头脑。

“听说有美食家与知名男爵的招待，我才从帝都远道而来，可您却说宴会要在这家居酒屋中举行。莫非我在无意间做了令男爵您不快之事。为什么要寄给我这种好似报复行为的请柬将我诓骗至此？”

“不是，不是这样，库洛温凯鲁。”

库洛温凯鲁这名字刚一出口，水运公会的戈特哈德与阿鲁努这两位碰巧坐在一起的客人便回过头来张望。最初以为是两人共同的朋友，可水运公会会长与浪荡公子为什么会是有交集的朋友？小忍无论如何也想不明白。

不过，不知是何原因，阿鲁努在布兰塔诺进店时曾与他相互点头示意。

两人可能是熟识之人吧……

浪荡公子与男爵……古都的人际关系真是复杂又奇妙。

“这店里的料理味道极佳，库洛温凯鲁。我想您当然还记得此前在希尔德加德小姐结婚仪式上的骚动吧。”

“您说的是浇汁汤豆腐事件吧？东王国是没有那种料理的，所以最后将其算作是年轻王妃想象中的食物处理了。这件事我当然记得。此后，您布兰塔诺男爵身边又发生了什么新的事件吗？”

“库洛温凯鲁，正是这个店。这里正是烹饪浇汁汤豆腐的那家店。我也非常喜欢这家店做的三明治。”

布兰塔诺在众人面前夸张地称赞着“居酒屋阿信”。

戈特哈德与阿鲁努都对布兰塔诺的话没兴趣，两人此刻正像看到了知名演员一样，两眼冒着星星地看着这位名为库洛温凯鲁的男士。

“什么！这家店真的存在吗？那么多帝国贵族拼命搜寻而不得的酒馆，布兰塔诺男爵你竟然找到了。由于对您的误会，刚才说了很多失礼的话，我一定好好反省。”

“没什么，我并不在意。既然来到酒馆，若是不享受一下美食美酒就太不应该了。我们还是快点点菜吧。”

“嗯嗯，您说得对。”

小忍早已将毛巾与小菜放在桌子上，布兰塔诺优雅地招手说道：

“两杯‘先来一杯生啤’。”

“好的，生啤两杯。”

看他得意扬扬的样子，应该是派人事先对这家店调查过了吧。

上次光顾“居酒屋阿信”时，这位男爵在享用炸猪排三明治后竟然以金币结账。从这点来看，他也许是个蛮孩子气的贵族。

“有没有什么推荐菜肴？最好要热乎乎的。”

“好的，您是要热乎乎的料理？”

“不用现在就告诉我是什么菜，美味的就好。一定是这位吟游诗人库洛温凯鲁喜欢吃的料理。”

提起吟游诗人，小忍的脑子里有什么闪了一下。

说起来，戈特哈德曾提到过的诗人名字不是也叫库洛温凯鲁吗？而且，阿鲁努也说过那是他学习的榜样。

所以刚才两人才会如小狗般眼中闪着星星啊。

小忍刚想转身告诉阿信此事，可不知为何，对方似乎也已有所了解。

只可意会，不可言传。阿信缄默无语，嘴角上翘，对两位美食家顾客的料理全力以赴。

“让您久等了。”

“哦，这是？”

阿信根据点单要求选做的料理，是奶油焗烤生蚝。

平时并不喜欢烹制新奇料理的阿信，偶尔也会来上一手。

奶油焗烤生蚝中，生蚝本身的味道被奶油沙司牢牢锁住，最后盛入生蚝壳中上桌。

看上去很新颖，味道也不错。按照小忍的标准，生蚝的味道有些过于“古都化”，不过这也在趣味的范围之内。

对面的美食家如何判断这道菜呢？

“用生蚝的贝壳作为食盘放入奶油焗烤生蚝，这种做法真是有趣。东王国的旅店中应该也有使用相同方法的料理人，不过那边是将西瓜的瓜瓤掏空放入水果蜜饯。那个也很有趣，不过眼前这个真的很棒。”

“味道也不错啊，库洛温凯鲁。生蚝烤制的火候不错。”

三口两口便吃完一份奶油焗烤生蚝的布兰塔诺，将手伸向了第二份生蚝。

他用长长指尖拿起生蚝壳的动作优雅大方，看来真是经验老到的美食家。

对面的库洛温凯鲁口中含着第一个生蚝，似乎在思考着什么。

“那、那个……不合您的胃口吗？”

面对小忍突如其来的问题，库洛温凯鲁并未回答。

他只是一面品味生蚝，一面闭着眼睛低声念叨着什么。

这样的客人，真是少见。

这种感觉令小忍回想起幸纲饭店的神秘调查员。

“原来如此。”

库洛温凯鲁一改刚才那种喃喃自语的模样，说了这么一句后，便喝了一口啤酒。

他的表情，看不出究竟是满意还是不满意。

“怎么样，库洛温凯鲁？不错吧。”

“还好吧，男爵。”

“什么嘛，你不喜欢奶油焗烤生蚝？”

“不，是因为这个原因。”

库洛温凯鲁微微咳了一下，然后紧紧盯着阿信。

阿信也注视着他。

吟游诗人与料理人，两人视线交汇，如同在相互试探。

首先开口说话的，是吟游诗人库洛温凯鲁。

“这道焗烤生蚝非常美味，但却并不是‘你的味道’，我说的对吗？”

“……确实如您所说。”

说着，阿信深鞠一躬。

被指出料理味道的时候，阿信从不会说谎否定。这是幸纲饭店的厨师长塔原要他牢牢记住的。

“我非常相信布兰塔诺男爵的品鉴水平。若是他推荐的店，我都希望能品尝到料理的所有奥秘。”

小忍听到这句话，忽然感到困惑。

此前男爵吃到的炸猪排三明治，明明是小忍做的。可现在插了这句话，不晓得又会生出什么枝节，所以小忍还是保持了沉默。

“店主，我希望能直接向你点菜。请让我吃到你最为自信的料理。”

“明白了。”

“若料理的味道能令我满意的话，我就会答应你一个愿望。”

阿信此刻一反平日的温和，瞬间变得极为认真。

这种反应也属自然。自信满满的奶油焗烤生蚝，居然被指出并非自己的“真实之味”。

最近阿信所烹制料理的味道，即便小忍看来也多少有些飘。

若是阿信老师塔原品尝的话，也许会非常严肃地呵斥。

自从小忍为料理的味道把关之后，阿信的料理技艺逐渐驶上了正轨。不过这位掌柜偶尔也会做些“灵机一闪”的料理。

阿信想要从自己的窠臼中突破出来，这件事小忍也能理解。

身为饭店老板女儿的她清楚地知道，从困境中升华只能通过自己痛苦地凤凰涅槃，外人无法助力。

阿信作为料理人正在试图突破自己的窠臼，这件事库洛温凯鲁是知道的吧。正因如此，他才会向阿信提出这道难题。

他这样的人，才是真正的美食家。

店内的客人们也注意到厨房中的异样氛围。

特别是戈特哈德与阿鲁努，两人屏住呼吸，静观事态发展。另外也想看看自己的偶像库洛温凯鲁究竟会说些什么。

阿信要做些什么，小忍也完全没有头绪。

客人的要求是“最自信的料理”。

仅仅依凭味道鲜美或是食材精良，做出令古都居民耳目一新的料理是不够的，必须是“自信的料理”。

客人忽然提出这样的要求，不是轻易能做出来的。

阿信将鸡蛋打碎搅拌。

复杂的也好，简单的也好，很多料理都会使用鸡蛋。

阿信的手中到底会生出何种料理，店内的视线全部集中在掌柜身上。

当然，其中最热忱的观察者必属库洛温凯鲁。

将吟游诗人引入店内的布兰塔诺不知为何正与阿鲁努亲密地交谈着。

两人作为吟游诗人的同好，可能会有共同的话题吧……

安静的店内，回响着阿信打鸡蛋时的清脆声音。

这不禁让人想到了煎鸡蛋卷。

最近阿信越发注重调制“出汁”。

掌柜最自信的料理就是“出汁”，为了能让库洛温凯鲁吃得满意，才选择“出汁”鸡蛋卷的吧。

小忍整理了一下围裙，向货架走去。

最适合盛放“出汁”鸡蛋卷的是哪个盘子？

在本家幸纲居住的时候，有很多盘子可供挑选，来了“居酒屋阿信”选择面就小了很多。

可选择的确实与自己想的有些差距。不过即便是这样，也希望能亲手挑选出与阿信“自信之作”相称的食盘。

黏黏的蛋液在煎鸡蛋卷专用锅中发出“啾啾”的响声。

阿信抖动手腕使鸡蛋成卷的手法堪称老练。

不多时，饱含三个鸡蛋的鸡蛋卷便已成型，随后掌柜又将其放到卷帘上进一步整理。

幸纲流的鸡蛋卷“出汁”很多，若不在卷帘上整理形状的话便会垮掉。

“鸡蛋卷做好了。”

小忍选了绿色的食盘来衬托鸡蛋卷的淡淡黄色。

一直抱着胳膊观察整个烹饪过程的库洛温凯鲁，慢慢拿起叉子。

“竟然选择了材料单一的鸡蛋卷，真是位有勇气的料理人。这份料理涉及了材料选择、火候控制、烹饪技艺等各个方面，确实是一道最能显示出料理人手艺的料理。不过这个真能让我满意吗？”

库洛温凯鲁的叉子一下便被“吸”了进去——黏黏的，很松软，可鸡蛋卷的形体并未散乱。火候可谓完美。

老吟游诗人带着惊讶的表情，将鸡蛋卷送入口中。

沉默。

“居酒屋阿信”中的所有人一言不发。

众人都在等待诗人口中那篇幅冗长的华丽词句。

“……魔法。”

可他却只说了这一个词作为感想。

在嘟囔了那么一句之后，诗人便再无声音，只是专心致志地品尝着剩下的鸡蛋卷。不一会儿，盘中便干干净净，空空如也，如同

被清洗过一般。

化身观众的客人之间流动着一股奇妙的气息。

大家都做好了准备，以为对方会说出什么惊世骇俗之语。

可只有这么短短一个词。

不过大家都心知肚明，对方此刻的表情胜过千言万语。

布兰塔诺、戈特哈德，以及阿鲁努三人惊呆了看着库洛温凯鲁擦拭嘴角的样子。

“店主，按照约定，我可以满足你一个愿望。不过只能是我力所能及的愿望。”

库洛温凯鲁擦净嘴角，表情明朗。

这种表情，小忍常常见到。

这种表情，正是享受到真正美味时的表情。

“非常感谢，我只有一个愿望。”

“请说吧。料理人的愿望，真是想不到。”

“您能否品评一下现在店内的阿鲁努先生的诗歌。”

阿信这个愿望出人意料。

突然被点名的阿鲁努，脸上浮现出半惊半喜的表情，一句话也没说直愣愣地站了起来。这与坐在他身旁，神情苦涩的戈特哈德形成了鲜明的对比。

“什么，店主？我可以在帝国范围内为你宣传造势，而且可以帮助你在帝都开一家比这里大十倍的酒馆。”

“不必不必。谢谢您有这份心意。我开这家店也算是种缘分，目前还没考虑过向别处发展。”

“缘分吗？原来如此。那我就看看那位幸运的阿鲁努的诗歌吧。这期间，请将刚才的生蚝用葡萄酒蒸一下。当然，若是您有更加美味的烹饪法也可以试着做做。”

那一晚，店内在和谐的氛围中开了个小小的宴会。

在库洛温凯鲁的鲁特琴与优美歌声中，店里为客人们提供了炸生蚝和牛筋土手烧，以及大量的天妇罗。此外更有大量的啤酒与日本酒。

最受欢迎的当然是鸡蛋卷。

阿信每每收到点单，便会翻动翻动那个制作鸡蛋卷的铜制蛋卷煎锅。

库洛温凯鲁按照约定细细品读阿鲁努的诗句，并表示会在日后通信中提出自己的意见。

“撒库努辛普鲁库氏阿鲁努君的来信，我会放在最先查看。若是能通过布兰塔诺男爵传递的话，信件便一定会送到。”

说完后，库洛温凯鲁便在雄鸡报晓时分离开了酒馆。

阿鲁努此刻早已烂醉如泥。而由他脖颈垂下的护身符上，一块青色宝石正一闪一闪地散发着湛蓝色的光芒。

茶碗蒸占卜

夕阳斜下之前天空开始下起了淅淅沥沥的小雨，马夫宿舍大街也渐渐被雨水淋湿。

在“居酒屋阿信”的招牌前，一位提着灯的青年一直在此处走来走去。

这可不是位普通的提灯人。

青年名为安利格·贝拉尔迪诺，是大司教的心腹。

这位在教导圣省以青年才俊而闻名的僧人，由于支持大司教的古典回归论而与圣王国保持着距离。

安利格不断窥视“居酒屋阿信”的原因，不外乎是有人告密——“居酒屋阿信”是魔女的巢穴。

这个情报是一位名为达米安的矮小男人提供的。这位男子最近与大司教过从甚密。原本以为只是个如流氓头目般的粗俗之人，没想到却意外地礼数周全。也正因此，大司教并未将其当成一般仆役，而是收为心腹。

“真会有魔女吗？”

魔女是否真实存在，对如安利格一样的古典回归论者来说是非常重要的一个问题。

若是真在这里捉到魔女，那便可以作为教导圣省堕落的事实，迫使其重回古典教派。若是古典教派真能重振雄风，暗邪之物必定无法存活。

原本被看作是靠近改革派的鲁顿利格大司教居然对探寻魔女之事极为热心。在听到这个消息之后，安利格激动不已。他立刻与大司教联系，决定将“搜寻魔女”与“复兴古典回归派”两件事齐头并进。在确认安利格的占卜能力后，大司教收他作为贴身秘书。

正因如此，安利格此次前来责任重大。

现在必须确认这家店是否真有魔女聚集。当然，先不要打草惊蛇。若是能拿到铁证自然为好，即便本次无法取证，也要不留痕迹地离开。

虽然已经在雨中站了有些时间，但仅从店外观察很难得到确切结果。

下定决心，安利格将玻璃格子门拉开。

那一瞬，安利格便被不可思议的温暖所包裹。

“欢迎光临！”

“……欢迎。”

也许是刚才在外面淋了冷雨的缘故，此时的欢迎之声分外悦耳。

“想用这点伎俩骗过我吗？”

安利格口中嘟囔了一句。

可爱的女服务生，洗碗少女，擦桌子的新婚女孩，可能都是魔女。虽然店主是位男子，也可能是魔女。

根据以往搜寻魔女的记载来看，男魔女的报告也不在少数。自己可不能被对方的外表所欺骗。

安利格在柜台前的位子上坐了下来。还什么都没点便有热热的布和小小的菜送了过来。听店员说是叫毛巾和小菜。

对淋了冷雨而僵硬的双手来说，这份招待真令人舒适。这也是店家无形解除对方警戒，悄然进入对方思想的策略吧?

“您想喝点什么？”

“……请给我来杯热水。我不喝酒。”

说完之后，安利格心里喊了一声“糟糕”。

普通的持灯人会这样说话吗?

这是长期生活在修道院的安利格第一次光顾酒馆。来了酒馆却不喝酒，是不是太过突兀了?

这种不安在胸中渐渐扩散开来。

不过，这种不安似乎又只是他的胡思乱想。

女服务生微笑着将盛有热水的陶瓷杯端了过来。双手持杯，温暖的感觉慢慢沁入早已冻僵的双手。

虽然店内自然会暖和些，但此时已是晚秋时分，这里为何竟此温暖?

有可能是店内深处安放了隐藏暖炉，不过也不能排除这是魔女的法术。

这份能将冻僵的身体温柔融化掉的温暖，对虔诚侍奉神灵的安利格来说，居然也有股被笼络的感觉。

小菜是煮小鱼。

安利格吃不了味道过于浓重的食物，甜辣口味的煮小鱼却异常合口。

一不留神刚想再点一份同样的菜品，可他坚如磐石的自制力立刻亮起了红灯。

执着便是堕落，堕落便是信仰的失败。安利格一面喝着热水温暖身体，一面环顾店内。

异国风情的家具与装潢，这里也许真的是魔女巢穴。

别说是此前见过，就是资料中都没有记载的奇妙装饰与家具摆在店内。

异国文字的菜单，各式各样的酒瓶，还有“钻”进瓶子的帆船模型。

特别值得一提的是店内深处墙壁上祭祀异国神灵的祭坛。一眼看去，便使人感到某种强大的力量。

虽然此前从未涉足饮酒之地，白纸一张的安利格·贝拉尔迪诺被委以此次侦查任务，自有其合理的理由。

——他能感知到不属于这世间的力量。

邪恶力量、神圣力量，又或是任何不属于两者的力量。

在人力所不及的自然之中，充盈着各式各样的力量。而这些力量常常处于转换之中。

即便是经过严苛修行的僧人，有能力感受到这些力量的人数也极其有限，甚至用一只手就能数得过来。

正因如此，安利格此次所承担的是一项重大使命。

“您还没决定点什么菜吗？”

刚才的服务生过来询问，安利格一时不知如何作答。

仔细一想，自己并不知道这种店究竟做些什么菜。

那些在大司教监督下日复一日进行古典回归派严苛修行的日子里，安利格每日吃的不过是面包和炖菜，再加上掺了水的葡萄酒。饭后甜点最多不过是布丁。

肉类和鱼类几乎没有涉猎，而食用蔬菜的比例极高。

“来点热热乎乎的东西。”

刚说出口，又觉得自己的点餐方式很蠢。

不过，服务生却意外地盈盈一笑，点了点头。

虽然自己是持灯人的装扮，可店家好像将自己误当成了一个初次光顾的青年。没关系，这样也好。只要不让店家起疑就好。

再次环视，店内渐渐热闹起来。

幸运的是，还没有人向自己投来怀疑的目光。

不能松懈。这里是充斥着异教信仰的魔女之巢，这种可能性还不能排除。

不过，那种从异教祭坛感受到的不可思议的力量，令安利格无论如何不能打上邪恶的标签。

“让您久等了，这是茶碗蒸。”

“谢谢。”

被服务生开朗笑声所压制的安利格接过了器皿。

端过来的料理名为茶碗蒸，很像加入其他东西的布丁。

料理的名字虽然带有异国风情，但碗中食材自己早已熟悉。

这家店究竟是不是魔女之巢，从这碗小小的布丁便可卜知一二。

此刻，安利格牢牢盯住眼前这道茶碗蒸，对自身以外整个世界的喧嚣之声充耳不闻。

在他的理解中，世界充满了奇迹。

即便不考虑日月天体运行的庞大问题，即便在日常接触的人和事中，也都充盈着神灵满满的爱意。而这满满的爱意又决定着一切事物的发展。

也正因此，加料后的布丁也会蕴藏着神灵的恩宠。观察碗中食材究竟是以何种顺序出现，便可占卜出神的意志。

这也是经过长时间的严苛训练之后，安利格所掌握的本领之一，占卜术。

占卜术与占星术，以及在书写着文字的羊皮纸上滑动铜钱作为预测的方法一样，都是教导圣省古老文件中所记录的方法。

最近由于皮鲁比德哥特所推行的改革，古老的占卜被描述成落后于时代之术。只有大司教对安利格的技艺颇为称赞。

拿起木勺，集中精神。

安利格渐次摒除店内喧躁之音，让面前的茶碗蒸慢慢成为唯一的存在。

当心中再无杂念之际，便是对神灵发问之时——教导圣省究竟应该是何种存在?

慢慢将木勺插入碗中，便好像碰到了什么食材。

这，便是答案。

静静地舀上来一看，那是一个白色半圆形的物体，切得薄薄的，感觉软软的。边缘居然还是桃色的。

“这是鱼糕，用鱼做成的食物。”

精神之外，想起了服务生的声音。

这声音就如同身在水中荡漾时所听到的声音，给人一种奇怪的扭曲感。

鱼糕。

半圆形表示世界的一半。

原来如此。教导圣省占据着宗教的世界，而世俗事物应交由皇帝与国王处理，这正与古老的教义相通。

为了移至下一问题，不得不将木勺上的食物吃掉。

为了不被怀疑成密探，自己必须装作吃饭的样子。想到这儿，安利格将食物送入口中。

不料，他差点将木勺掉到地上。

真好吃。

嫩嫩的，滑滑的，鱼糕真是好吃。

与修道院里那种毫无滋味的布丁真是天壤之别。

鱼糕也不错，这种软软糯糯的味道此前从未尝过。

压倒性的浓厚味道，越嚼味道越香，这种食物真的存在于这个世界吗？

不，这也许正是魔女施的魔法之一。

正想顺势再舀上一勺的时候，就在动作的一瞬，安利格的自制力发挥了作用。

不对。不是这样。这是一次对话，更是一次提问。集中的精神不能散乱，不能中了魔女的计谋。

为了使精神有所着落，安利格又问了一个平日常问的问题——神灵究竟是以何种方式而存在？

他一面默念，一面将木勺插入碗中。

木勺再次碰到了什么，这次好像是蔬菜的叶子。

紧盯着木勺猜测究竟为何物，却发现舀上来的是一种不可思议的食材。

“这是三叶芹。”

三叶芹，有三片叶子，而同时也是一个整体。

男神、女神还有太阳，这表示神的三态。

对话完成。没有疑问。自己已经明确地了解了神的指示，安利格对此兴奋不已。

这样一来，便可以毫不费力地将这家酒馆的情况彻底弄清了。

可现在如刚才一样，要吃上一口。

并不是因为想吃才吃的，而因木勺空了才吃的。

人绝对不能将自己交给欲望。

“吧嗒”一口。

入口的瞬间，立刻能感觉出这片菜叶不仅仅是被蒸过。

好像最开始煮过一次入味。

若不是这样菜叶不会如此美味。

这已经不能说是好吃了，简直是极致的美味。

为何会如此美味呢?

安利格的心中一下产生了一个谜团。

下一个问题，就问问“这里是否真的是魔女巢穴”吧。

若得到的回答是“此处真为魔女巢穴”，作为圣职者的安利格有必要立刻离开此店。

真要如此的话，剩下的茶碗蒸该如何是好呢……

客人吃剩的食物，应该会被扔掉吧。

这样也太可惜了。

有没有什么能将茶碗蒸吃完的方法?

有——在茶碗蒸吃到最后一口时再提出问题。

这样一来，即便这里真是魔女巢穴，也可以将茶碗蒸吃光后再离开了。

接下来，每当安利格提出问题的时候，都能发现木勺内相应的食材。

提示世人珍惜时光的鸡肉。提示世人“内容次要，坚持求索为首要”的百合根。还有历经悠久岁月仍旧连绵繁育的银杏果。

每样食材都是帮助自己推导相应问题而出现的。

而且，都非常美味。

此时他忽然注意到，茶碗中只剩下一勺量的食物了。

带着深深的遗憾，安利格问出了最后一个问题——这家店真的是魔女巢穴吗？

若真是魔女巢穴，神灵必会指示相应的食材。

可木勺之上只有左右颤动的茶碗蒸本体。

占卜的结果是，白（空缺）。

吃下最后一口后，安利格一面舔着勺子一面思考。

这里真的是魔女巢穴吗？

没错，仅从店内和谐的气氛看来，很难想象这里是仇视信仰的邪教集团。

最初，报告这家酒馆行止怪异的情报只来自达米安。

古都有魔女出没，这件事对古典回归派至为重要。可出没地点并不一定是在这家店中。

无论如何，这份茶碗蒸非常美味。

为了确认占卜的正确性，是否有必要再来一份?

正想着，安利格感到自己身后射来刺人的视线。

这不是人的视线。

带着战栗的感觉慢慢回头查看，却不见一人。

看到的只是被供奉在那里的异教祭坛。

“客人，神龛怎么了？”

服务生称祭坛为神龛——没错，一定有什么栖息于此。

不过安利格认为那并非邪恶之物。

此物带有某种神圣属性，而究竟是什么则远超安利格的想象之外。

至少自己没有从神龛那里感觉到魔女祭祀场所或是淫祠邪教庙堂中所飘荡出的邪恶阴气。

也许祭祀的是某种圣兽，那种历经岁月，力量巨大的圣兽。

“我、我吃饱了。”

说着，安利格从怀中取出硬币，强推似的按到服务生手中，奔出店外，融入秋雨蒙蒙的古都之中。

什么魔女的巢穴嘛。

如此高贵的圣兽，可能是狐狸精或其他精灵牢牢地守护着店铺，魔女什么的根本别想进来。

一边不停思考，一边饥饿难耐的安利格对如何向大司教汇报这件事愁苦不堪。

小小顾客与酱烧汉堡排

即便是多雨的古都之秋，不时也会有一两天晴朗之日。

秋日阳光微弱，外套尚不可离身。不过即便如此已是非常难得。

这样的晴天在这一带被称为“冬季准备日”。人们常做些诸如采集木柴、修缮房屋之类的事情。有很多家庭还会进行大扫除。

今天的艾珐干劲儿十足，急于打扫店铺无暇他顾。

虽是如此晴朗之日，“居酒屋阿信”中却有昼间便光顾饮酒的客人，此人正是单手持杯的醉客阿鲁努。

手持羊皮纸束，从刚才便一直不停地喃喃自语。

“阿鲁努先生，您喝这么多酒可以吗？”

“小忍小姐，这只是第一杯、第一杯酒。”

即便对方不解释，小忍也知道得很清楚。

打架力量十足，饮酒却全然不行的阿鲁努，别说一杯，就是喝上三口便已是歪歪斜斜了。

由于在马夫宿舍大街上看到阿鲁努垂头丧气的模样，小忍心中不忍便向他了招呼，可没想到居然变成这种情况。

之所以这样，是因为他收到了吟游诗人库洛温凯鲁寄来的信件。

“说是在旁人看来我写的东西很有个性。”

小忍不能完全听清阿鲁努的喃喃自语，不过大概能猜到库洛温凯鲁是将自己的感受平实地写了出来。

阿信正用铁锅制作酱料，虽然一言未发，但表情复杂。

作为日本人的小忍和阿信，无法理解阿鲁努的诗歌是好是坏。

可那位喜欢鸡蛋卷的老吟游诗人库洛温凯鲁的诗歌，却优美地回荡在耳际。

相比之下，阿鲁努的诗歌总给人缺了点什么的感觉。

“库洛温凯鲁先生是不是说了什么？”

小忍一个没忍住，问了出来。阿鲁努微微点了点头。

他此刻如此失魂落魄，根本无法令人联想到此前击败流氓时那副霸气的样子。

说什么对语言有相当理解，发音用韵尚可，古歌程式造诣较深。但在最根本之处，诗歌所必要的文采方面有所欠缺。这属于才能的范畴，非努力所能达到。

“阿鲁努先生您是如何回复的？”

“从此我的人生，将会在百战百败，百折不挠中一路前行。”

小忍差一点就笑了出来。

“我可不是闹着玩儿的，小忍小姐。我真心想成为吟游诗人。”

“可库洛温凯鲁先生不是说这非常难吗？”

“库洛温凯鲁说我的诗歌是在逃避现实。不敢正视现实生活，为逃避人生而写诗。那位先生还说‘你的诗歌不应该讨好读者，而应该使读者看到生活的意义’，真是位了不起的老师。”

那位老吟游诗人，确实是位了不得的人物。

阿信那道对味道把握失控的料理，也是只吃了几口便已看破。

自从那件事之后，阿信再也没有烹制过奇思妙想的料理。

即便是看上去新颖别致的料理，也是久经准备，反复尝试，直到能做出满意的味道才会为客人上桌。

而味道把关的最终环节，便是小忍。

由于希望能继续在古都将“居酒屋阿信”经营下去，相较于珍稀的食材，阿信更重视提高自己作为料理人的烹饪技术。

如此决定的契机之一，无疑便是那位老者。此外可能还有不为小忍所知的一些原因。

“那您今后想要怎么办？”

阿鲁努没有回答，只是大口大口地喝着啤酒。

是不是要终日借酒浇愁？

小忍微微耸了一下肩膀。看来一会儿必须叫伊萨库过来接他回去了。

就在阿信的锅中开始香飘四溢的时候，格子门被慢慢地打开了。

将头探入店中窥视的，是两位可爱的客人。

“艾、艾玹姐姐的店是在这里吗？”

“是在这里吗？”

“没错，就是这里。欢迎光临。”

“……欢迎。”

“欢迎光临！”

在平日的两声问候语之后，今天艾珐也加了一句。

说来也该如此。这两位客人正是艾珐的弟弟和妹妹，名字分别是阿都鲁夫与安格立卡。

两人都留着与艾珐极为相似的红发，而且能看出今天还特意打扮过。

艾珐用从“居酒屋阿信”赚到的钱为弟弟妹妹们买了衣服，这件事小忍和阿信也从卫兵的口中听说了。

兄妹两人并不是来玩的。他们此行的目的是为店里每天准备料理让姐姐艾珐带回家特意前来道谢的。小忍觉得作为仅仅十岁的孩子，他们的想法竟如此周全。可能异世界中这种情况是理所应当的。

六岁的安格立卡还拖着布偶，大大的眼睛闪烁着好奇的光芒。看来和艾珐一样，她是个聪明的孩子。

“一直以来艾珐姐姐，不，是姐姐给您添了不少麻烦。这是小小心意，希望您能接受。”

“希望您能接受！”

说着，阿都鲁夫递过来一个袋子，里面装有一些个头不大的苹果及几个土豆。还带着土的土豆比在日本见到的要小些。不过掂量起来分量十足。

“非常感谢！”

小忍并没有用小孩子的语言，而是以大人的方式回复。

接过装有土豆的袋子，阿信感慨地说道：

“里面还有苹果啊。”

土豆与苹果同时放入袋中，保存状态会更好。

这个窍门，无论是日本还是古都都是共通的。

“那，两位客人，这边请。”

领位的是艾珐。

可能是想让弟弟妹妹看到自己工作的样子，艾珐比平日干劲儿更足。由于柜台的椅子有点高，她还帮妹妹安格立卡坐了上去，这也是体贴顾客的明证。

“啊，不过我们只是来道谢的。”

阿都鲁夫神情稍显惊慌，而艾珐只是半强迫地让他坐了下来。

“别说那种扫兴的话。请先坐下。”

将接待客人的任务交给艾珐，小忍再次分拣收到的土豆。

比起男爵土豆，这些土豆的品种更像五月皇后。

松松软软的男爵与怎么煮都不会烂掉的五月皇后，眼前这些土豆到底更接近哪边的性质呢？如果制作料理的话必须要搞清楚。

“掌柜，好不容易收到的土豆不用来做点什么吗？”

小忍一面为已经烂醉如泥的阿鲁努盖上毛毯，一面问道。阿信也在考虑同样的事。

“倒也是。好不容易收到的。试着做成配菜看看吧？”

锅内煮物发出的“扑哧扑哧”柔弱之音溢满店内。

阿信做的是酱烧汉堡排。

这是一道将烤好的汉堡排放入黏稠的半冰沙司慢慢煮炖而成的料理。

究竟制作何种料理才好？在与小忍和艾珐充分商量过后，鉴于阿都鲁夫正值食欲旺盛的年纪，还是觉得做一道肉料理为好。

对阿信来说，这道菜完全是手到擒来。

在老家幸纲饭店时，每年都会在圣诞节期间推出一系列特别料理，其中就包含酱烧汉堡排。塔原亲传的这道酱烧汉堡排有一个特别的要点。为了使小孩老人都能轻松食用，必须将汉堡排充分煮透。

两位小客人规规矩矩地坐着，满目好奇地看着阿信熟练地将土豆削皮。两人眼睛瞪得像铜铃，如同在看魔法一般。

“削得那么快，会不会一不小心削到手指？”

“当学徒的时候经常会削到，现在已经熟练了。”

小孩子们的谈话如此坦率。阿信一面与他们说话，一面将土豆切成易食的大小。

将油加热，同时将大蒜碾碎。这样看来，可能是要做炸土豆之类的料理吧。炸土豆也是异常美味，让人越吃越想吃。

炸过的大蒜加入土豆中可以引燃味道，不过像小忍这种服务业从业者只有在第二天不上班的情况下才可以享用。

对尚且年幼的安格立卡来说，无论是对阿信烹制料理的动作，还是对艾珐工作的姿态，都是兴趣满满。小女孩稚嫩的眼神在二者之间来回穿梭。

炸土豆在油锅中发出“咔啦咔啦”的声音，兄妹两人好像也对此产生了兴趣。阿都鲁夫还对放在柜台上的研磨器非常好奇，他试着不停用手拍击着这个工具。

“真是可爱的弟弟妹妹啊。”

“非常抱歉，真是太不好意思了。”

此刻的艾珐左右为难，不知是应该站在店铺的立场，还是应该站在弟弟妹妹的立场。只得用托盘半掩住通红的脸颊。

此情此景，对家中兄弟姐妹关系并不太好的小忍来说真是羡慕得不得了。

“好了，久等了。”

阿信刚将食盘端出来，两个小家伙“哇”地叫了出来。

汉堡排浸入浓稠的半冰沙司，香气四溢。此前曾试吃过的小忍，回想到料理的美味时，也不禁激动起来。

汉堡排已经充分煮透，并无使用刀叉的需要，用勺子舀着吃即可。作为配菜的炸土豆则被切成大块，上面还插有星形的牙签。

这样做是为了让小孩子更容易食用吧，不过对于言谈举止都更像大人的阿都鲁夫来说可能会有些失礼。

两人小心翼翼地舀起一勺汉堡排，带着半冰沙司一道送入口中。

那一瞬，两人瞪大了眼睛。

“太好吃了！”

“非常美味！”

这样的动作，两人重复了一遍又一遍。

这是他们平生第一次吃到煮得如此柔软的肉类吧。

为了不使肉排整体散掉，掌柜特意将每个肉块做成稍小的形状。这样一来，阿都鲁夫两三口便可吃完一块，然后马上去取下一块肉排。

虽说有些大人的感觉，可这位“小大人”嘴角周边留着半冰沙司的模样看起来还是非常孩子气。

如此大快朵颐的样子，看起来他对这道菜非常中意。阿信这道充分煮透的汉堡排，入口即化。

在料理烹制初始阶段对火候的把握，正是令汉堡排满满裹住肉汁的秘诀。

肉的味道与酱汁的味道相融合，这道幸纲出品的酱烧汉堡排真可谓长幼皆宜。小忍对由此衍生出的汉堡排盖饭也很喜欢。

安格立卡努力地用勺子舀着汉堡排，不过肉还是散开了。看到这一景象，艾珐赶忙上前帮助，真有姐姐的派头。即便在家中他们一家人也会如此融洽吧。

看到他人如此享受地进餐，自身也会产生不可思议的幸福感。若是看到小孩子进餐的话，这种感觉会更加强烈。

古都的居民享受到美食后都会露出笑容。

小忍希望能继续将“居酒屋阿信”经营下去，也许就是希望看到这份笑容。

“小忍也吃点吧。”

阿信递过来的，是用阿都鲁夫带来的土豆炸制的炸土豆块。当然，这里面没有加大蒜。

试着咬了一口，感觉味道格外浓厚。

味道很像五月皇后，可这黏糊糊的口感又令人想到芋头。是种入口后就会不禁令人微笑的味道。

根据烹饪方法的不同，也许可以进化出更多的口味。

“怎么样？”

“这种土豆，若是用在炖菜中应该味道不错。比如……”

“土豆炖肉？”

小忍咬了一口炸土豆，用力地点了点头。

艾玹家自种自采的土豆与阿信的出汁搭配，也许可以做出相当美味的土豆炖肉。

艾玹正为安格立卡擦拭脏脏的嘴角，可安格立卡却不可思议地喃喃自语道：

“姐姐，这里真是魔女的酒馆吗？”

随着“啪”的一声拍打声，安格立卡哭了起来。

拍她头的正是阿都鲁夫。

“别乱说话！”

“阿都鲁夫！”

这次是艾珐呵斥阿都鲁夫。

魔女酒馆。

小忍和掌柜早就知道自己的酒馆被如此称呼。

常客经常用这个当笑话讲，而且还不止一两次。

不知这种称呼最初出自哪里。小忍和掌柜也没太深究。

可现在竟然连安格立卡这样的小孩子都知道了，这就不得不令人感到怪异了。

“魔女在古都居住”这件事，好像已经被当作了既成事实，甚至还有“目击者”出现。

传闻流言如此之广，恐怕不是件好事。

“安格立卡，这件事你是听谁说的？”

“大家都这样说，‘居酒屋阿信’是魔女的店铺。”

阿都鲁夫刚想再次敲打安格立卡的头部，不料被艾珐制止了。小忍茫然地看着眼前的情景，心中却在思考别的事情。

是这家店的事情。

是在古都生活的事情。

是魔女的事情。

还不能完全清楚这样的流言是好是坏。只要没有不好的事情发生就好。

小忍想看到的，只是食客享受美食后开心的样子。

为了安慰几乎要哭出来的安格立卡，她从冰箱中取出了饭后甜点——布丁。

当然，英格立顿与卡米拉的布丁，是分开放置的。

最近，英格立顿与阿鲁努常常一起去不同的酒馆喝酒。阿鲁努将自己的诗歌并不受库洛温凯鲁重视这件事当作牢骚告诉了对方，现在两个已经成了很好的朋友。

对于刚搬来古都，朋友不多的英格立顿来说，阿鲁努也许是个很好的聊天伙伴吧。

昨晚光临酒馆的时候，英格立顿的脖子上正带着那个护身符。

正是这个护身符令阿鲁努与库洛温凯鲁相遇，现在也算是完成任务，物归原主了吧。

“我吃好了！”

“我也吃好了！”

盛布丁的器皿干干净净，似乎连清洗都不用。

两人可能都对甜食情有独钟吧。

“小忍小姐，对不起，这些够吗？”

阿都鲁夫抱歉似的在柜台上将钱袋打开，里面装满了铜币。

一定是他攒下的零用钱和跑腿小费。

“这次就不用付钱了。这就算是对你们特意过来送东西的回礼吧。”

“可是……”

阿都鲁夫还是有点羞涩，而艾玹则取过钱袋，然后塞回他的口袋。

“适当地接受他人好意也是必要的。快向掌柜和小忍姐姐道谢。”

“今天真是太感谢了。”

“非常感谢！”

看着两人端庄的行礼，小忍与掌柜相视一笑。

秋高气爽的日子，在众人的欢笑声中度过。

魔女和大司教

魔女狩猎开始了。

在细雨频频的秋日黄昏，这个流言不胫而走。

古都居民接二连三地目击到带有大司教徽章的马车在大道上奔驰。道路上人迹稀少，就连流氓都不见踪影。

消失的不仅一人两人，传说有十多人都被带到古都郊外一处废弃不用的屋子里。

大市的庆典马上就要到了，古都却被异样的氛围笼罩。

“小忍也要多加注意。”

玻璃匠洛伦兹喝着啤酒说道。他眼部的块块青斑，好像是与儿子汉斯激烈争吵所致。

这次久违的父子争吵更令洛伦兹食欲旺盛。

他一面用湿毛巾冰镇瘀青处，一面用天妇罗顺下了第七杯啤酒。

“您说小心，指的是魔女狩猎的事？”

“正是。有传言说宁可错杀一千，不可放过一个。”

洛伦兹还要点第八杯啤酒。小忍在温柔地规劝对方之后，用手指抵住下颌开始思考。

究竟是什么原因才进行这次的魔女狩猎行动？听说已有百年没有进行此项行动。自己已在古都居住将近一年，对这里的事情也多少有些耳闻。可对当地的宗教却是一无所知。

虽然与历史课上学习的宗教有些相似，可细细一问却又完全不同。

“这种关键时刻，艾德温老爷子却偏偏不在。”

正在享受牛筋土手烧与烧酒的尼古拉斯，一面看着柜台角落助祭常坐的位子，一面幽怨地说道。

大司教来到古都之日，艾德温便忽然消失不见。若是那位行踪神秘的助祭现在古都的话，也许能帮上忙。

“听说这次骚动啊，就是这个魔女狩猎引起的。”

“大家都很害怕，担心下一个就轮到自己。再来一盘那不勒斯面。”

葛诺特乍看之下还是老样子。市参事会向大司教申诉的事情不是很顺利，他对此极为生气。可生气起不到任何作用。若是不能令对方坐下来对话，也就无法在辩论中击败对方。

葛诺特为了加重那不勒斯面的味道，放入了比平日更多的辣椒酱，由此看来，他的心内应该相当煎熬吧。

“葛诺特先生，市参事会不能想个法子阻止他们吗？”

“我们正在抗议。大司教那边不可能会不知道。古都本来便是帝国直辖领地，即便是大司教也不能随意处置。说大一点，这是帝国与圣王国之间的政治问题。他们正因为知道这一点，所以才只在市参事会统治权薄弱的城墙外地区进行搜寻魔女的活动吧。”

在前任市参事会议长巴斯克霍夫时代，听说曾有提案建议大司教兼任古都圣堂长。若提案通过，此前对古都力不能及的大司教，便会拥有对古都事务相当大的发言权。

虽然大司教强烈建议推动这件提案，可由于巴斯克霍夫那档子事也就没了下文。

现在回想起来，真是太幸运了。若是提案通过的话，搜捕魔女的行动可能早就开始了。

“那向拥有城墙外侧领地的领主提出请求如何？”

“撒库努辛普鲁库侯爵大人在教导圣省也是说得上话的人物。若他能出面说句话，这件事也早就该收手了……可现在有传言说他卧病在床。”

“真是屋漏逢雨啊。”

小忍轻轻地叹了口气，随后朝阿信那边望了过去。

在魔女狩猎这个流言刚刚散布之时，阿信就让赫尔米娜与艾珐回家去了。他认为在事态没有平息之前，二人还是待在家中比较妥当。阿信更嘱咐她们，在如此人心惶惶之时，还是不要外出为宜。

那声叹息并非为人手不足而起。

平日这时店内早已满员。但在如此怪诞的时期，今天只有三名常客光顾。

在如此风雨飘摇的气氛下，古都居民不可能会安心出来喝酒。

“说起魔女，天妇罗里没有加蘑菇啊。”

“这样做是为了以防万一。”

洛伦兹一面将虾仁炸什锦切为两半，一面喃喃自语道。而后面则是小忍的回应。由于对古时的魔女狩猎进行反省，古都居民有拒食蘑菇的习惯，这件事小忍也是几天前才听说的。

秋季正是蘑菇鲜美的季节，不过现在这种情况还是避嫌为宜。

大家都有了危机感。

小忍也不例外。她对什么样的人会被认为是魔女而遭到逮捕不太清楚，对魔女狩猎这件事也不能理解。

若是有种补救的方法，能让古都居民也能觉察到魔女狩猎这件事的荒谬就好了。

迄今为止包括常客在内的所有人都不赞成魔女狩猎，那会令人想到愚昧而耻辱的过去。

“小忍你们……不回老家去吗？”

尼古拉斯一面吃着土手烧，一面问道。

被这么一问，小忍才惊讶地感觉到自己根本没有回日本的打算。“先来一杯生啤”骚动时也曾想过回日本的事，但还是非常希望能留在古都。自己怎么也不能将这里当作异世界。

即便自己回到日本，也肯定不会再回本家了吧。

“我的故乡有点远，非常远。”

说着，小忍暧昧地笑了起来，不过笑容里并未有任何表露。

尼古拉斯似乎看到阿信微微耸了下肩膀，可又觉得这不过是自己的错觉。

“我会继续在这里经营下去的。这次的魔女骚动可能马上就会结束。”

“说的也是。真担心那些被逮捕的人，但愿这件事会马上结束。”

洛伦兹豪爽地笑了，阿信正在为他续第八杯啤酒。

被洛伦兹所感染的小忍刚要笑出来，可自己正在擦拭的器皿掉在地上发出了巨大的声响。这个价格不高但讨人喜欢的平底盘被摔得粉碎。

“没事吧？”

小忍对伸过头来的阿信点了点头，随后便蹲下开始捡拾残片。

突然间，她的指尖产生刺痛之感，仔细一看，有鲜血渗了出来。这样的事情可不常见。

将食指指尖含在口中，小忍强行压制着内心涌出的那种令人不快的不安。

天亮之后便开始降下的秋雨不知何时变成了湿雪。

一只不知从何而来的乌鸦，嘎嘎啼鸣。

秋季播种的小麦种子此时正沉眠于土壤之中，白色的雪花漫天飞舞，如同为大地施以粉黛。

眼前这片一望无垠的黑色土地还不能满足古都人的粮食需求。由于古都居民食欲旺盛，要从近郊购买各式物资。

在为运输物资而铺就的街道上，一辆黑色马车正悠然驶过。

从马车上的徽章来看，这是管区大司教的马车。擦身而过的农夫看到后，立刻恭敬地鞠躬行礼。

可本应承受这鞠躬礼的大司教，却并不在马车内。

此刻坐在马车中的，是一位名叫达米安的矮小男人。

一切都是如此顺利。

真是好运来了挡都挡不住。不仅达米安攀附上了大司教，而且古都还恢复了魔女狩猎。

这次狩猎意图狙击的目标只有一个，就是那让人恨得牙痒痒的“居酒屋阿信”。

布兰塔诺男爵家与巴斯克霍夫商会，都是因为“居酒屋阿信”自己才丢了这两份工作。这次的复仇一定不能心慈手软。

马车快速通过大门，进入古都街道。

只要有这个管区大司教的徽章，谁都不敢前来阻拦。

马车在石板铺就的大街上继续前行。

在古都中心中州的附近，坐落着一家名为“四翼之鹫”的宾馆。马车就在这家古都最为高级宾馆的亭子前面停了下来。此前因受到巴斯克霍夫事件牵连，达米安曾被当成在逃犯而惨遭该店拒绝，可此时店方却恭敬地在门口恭候。

“怎么回事？达米安，这是怎么回事？”

达米安刚一进屋，安利格便向他直接问道。

安利格头脑灵活，却一直沉湎于古怪的占卜术，为此一直担任资料整理的闲职。不过现在他居然得到了大司教的赏识。

“怎么了，安利格阁下？这可是在大司教猊下的御前，请保持冷静。”

“你叫我怎么冷静？古都内到处都在疯传魔女狩猎已经开始的流言。达米安，就连古都的市参事会也提出了抗议。”

“谣言就是谣言。实际上还没开始哟。”

在郊外的古屋中囚禁人员是事实。

这样做正是为了令人有种魔女狩猎已经开始的错觉。煽动不安的情绪，将怀疑的视线转至“居酒屋阿信”。虽然因为流言，那家酒馆的风评多少受了些影响，可事情进行得并不顺利。常客多的酒馆很难下手。

但狡诈多端的达米安也没有蠢到独断专行、私自启动魔女狩猎的程度。

只有大司教才有权下令启动魔女狩猎行动，在大司教没有点头之前不可轻举妄动。

“那，猊下呢？”

“现在是礼拜的时间。他正在女神像前祈祷，应该快结束了。”

达米安轻轻耸了耸肩，拍了拍肩膀上的积雪，随后一屁股坐在了躺椅上。

燃烧的木柴发出了“噼啪”的响声。

镶金的暖炉此刻火势正旺。

周围的建筑物全部都是为防御寒冬所造。但对生长在圣王国的安利格来说，房间内依旧寒冷，他瘦瘦的身体裹着厚厚的衣物。这还只是秋天，若是冬天又该如何是好？

这个问题大司教也得面对。

大司教出身圣王国。在温暖的南部地带长大的大司教想必对古都的寒冷体会更深。打消大司教想要早点离开此地的想法，是达米安目前一切力量的源泉。

拉格啤酒走私那件事后，失去了庇护的达米安依附于大司教。

事情的缘起是这样——大司教的一名下属向巴斯克霍夫商会借了钱但想赖账。达米安本想以此为要挟，却出乎意料地攀上了大司教的高枝。

这也算是饿龙不食穷途之鸟。

若是离开古都，官吏便无法抓捕自己。有了教导圣省的庇护，更能逃避追查，这就是达米安的小算盘。

这位在圣王国长大的圣职者想要返回故国的迫切心情，达米安一清二楚。

并非因为接待规格不够档次，真实的原因就是天气和饮食。

对已经习惯了高品质生活的大司教来说，帝国北部以土豆作为主要食材的生活简直跟地狱没什么两样。

“达米安，你到了啊。”

“能拜见大司教您，真是诚惶诚恐。”

大司教鲁顿利格从特别设置的礼拜间中走了出来，他的身形异常高大。

对于身材矮小的达米安来说，就好像看到巨人一般。大司教这样的体格，若是只吃土豆，确实极为辛苦。

“你已经从安利格那里听说了吧，寻找魔女的事情。”

“是的，虽然那个关于猊下的谣言毫无根据，但属下闻听之后痛心疾首。我已经向安利格阁下解释清楚，那只是风闻罢了。至于郊外房屋中囚禁他人的事，更是百姓以讹传讹。”

大司教同意似的点了点头，随后立刻倒了一杯热葡萄酒喝了起来。

看他的样子并不想喝醉，只是想借酒暖暖身体。

大司教手中的杯子是达米安送的，内部镀铅。比起圣王国和东王国的葡萄酒，帝国的葡萄酒味道稍显逊色，可用这个铅杯饮用的酒液会变得甘甜，所以他特别喜欢这个杯子。

真是个容易满足的家伙啊，达米安心中暗忖。

作为学者而言，大司教无疑是优秀的，可作为谋略家来说他还是个新手。

以大司教工作繁忙为借口，试着请求代他进行搜寻魔女的任务，没想到对方轻易便上当了。

虽然报告了古都可能有魔女出没，大司教居然决定亲自前来，这算是个失算吧。不过问题不大，目前大司教的唯一目的就是找到魔女。

虽然他的详细计划不得而知，不过大概就是希望证明“正是因为教导圣省的堕落才会导致魔女再生”。只要达米安站在大司教的立场行事，就不会犯什么大错。

找到魔女，然后返回教导圣省。

达米安无法断定是否真能找到魔女，但可以看出大司教想找到魔女的热忱是真心的。他为调查已经投了不少钱。当然，达米安也暗地里占了不少好处。

目前，圣王国中实权在握的皮鲁比德哥特被舆论称为“领跑明星”。鲁顿利格即便找到了魔女，仅凭这一项也无法与其对抗。甚至空出的红衣主教一职都难以得手。

“达米安，街头巷尾关于魔女狩猎这等捕风捉影的流言我已经明白了。不过接下来，我们要怎样开始魔女狩猎呢？”

“先要搜查那家有魔女巢穴嫌疑的店铺。”

“魔女巢穴？那里应该藏着魔女吧？”

大司教抚摸着下颌，在他身后的安利格欲言又止。

安利格对魔女狩猎这事不太感兴趣，他可能是想说些反对意见吧。

“请不要担心。那是一家有着太多古怪流言的店铺，魔女定在其中。”

“你不要搞错了，达米安。作为圣职者，我真心希望世上没有魔女。如果那家店并非魔女巢穴的话，那真是再好不过了。”

“您说得太对了。”

达米安一面奉承，一面在心里咒骂这个体格发达的白痴。

现在再掩饰也没有任何意义了。大司教常年在搜捕魔女这已经是公开的事情了。刚才的那句话不就是头脑简单四肢发达的明证吗？虽然这样一个没什么朋友而又思想简单的上司比较好控制，不过若是头脑过分简单的话，又会不好控制。

对方再怎么愚蠢也与自己无关，不过若是被对方的愚蠢所牵连而伤及自身的话，那就是比对方还要愚蠢了。

达米安并未忘记对此有所准备。

那些在郊外被囚禁的人，会在发生意外时放他们走，这就是达米安的准备。他已经与东王国的女摄政王打好招呼：若是这些人越过国境的话，任凭东王国处置。

当然，要是没有意外自然最好。

今天的市参事会异常团结，不过从内部下手的话也会使其不攻自破。

达米安的痴心妄想，被大司教的一句话打碎了。

“达米安，我们现在就去那家叫‘居酒屋阿信’的酒馆看看怎么样？”

“您是说……现在吗？”

鲁顿利格心情轻松得好像要用鼻子哼出歌来，可达米安却几乎昏了过去。

在他的计划中，自己将布下天罗地网，“居酒屋阿信”在劫难逃。

首先，令流氓扮成食客伪造中毒事件。然后，根据“居酒屋阿信提供蘑菇料理以及与魔女相关的种种欺瞒”撰写举报信，不断积累令对方有口难辩的证据。

作为第一步，先要在街头巷尾散布关于魔女的不安情绪。不过，这仅仅是准备阶段。

“不过，猊下，现在就去是不是为时尚早呢？”

看着达米安歇斯底里似的声音与神态，大司教皱起了眉头。

“魔女到底有没有，还是早些确定为好。”

“啊啊，可是……但是……”

“你不是也有很多自己的事情需要处理嘛。而且闷在这郊外的宾馆里整天只能吃土豆。困难的工作还是早点结束为好。现在就去吧，正好马车也在外面。”

大司教直接过来拉住达米安的手，这下他再也没有不去的理由了。

达米安没有多想，咬牙切齿地站了起来。

没关系，一定不会失败。“居酒屋阿信”一定是魔女的店铺。他一面这样安慰着自己，一面钻进马车。

与身材高大的大司教并排乘车，虽然还是刚才那辆马车，可达米安的感觉却截然不同。带着他的焦躁与沮丧，黑色马车稳稳地驶了出去。

从早上开始就一直是这种阴沉沉的天气。

尽管正午已过，低垂云层中落下的雨夹雪令马夫宿舍大街泥泞不堪。路上行人稀少，且行色匆匆。

即便是在这样的日子里，“居酒屋阿信”仍旧繁忙地做着开店前的准备。

艾珐与赫尔米娜正在休假，店内工作的只有阿信和小忍。

只有两个人在，好像又回到了一年前刚开业时的模样。

不过现在英格立顿也在店内。

昨晚好像在不同的酒馆喝多了酒，烂醉如泥的她从早上就来到店里休息。

或许是因为宿醉非常难受，英格立顿一直趴在店内深处的餐桌上。为了确认她还活着，小忍将盛有布丁的小盘端了过去，而对方只是嘴部动了动，看来好像还活着。

根据过来查看师傅情况的卡米拉所言，魔女骚动已经到了相当严重的程度。

这件事发展至此，虽说与英格立顿并无关系，但卡米拉还是希望她们能暂时搬出古都。为了准备明天的风吕吹大根，阿信正在削萝卜皮。小忍则呆呆地看着他。这时店外忽然一阵骚动。可以听到马车行走与马匹嘶鸣的声音。

马车声渐行渐近，最终安静地在店前停住。

小忍的背后冷汗直流。

"居酒屋阿信"的熟客中没有乘马车而来的，所以小忍此刻生出不祥之感。

注意到马车声响的英格立顿伸了个懒腰，她今天穿的也是黑袍。

在古都的传说中，魔女穿的也是纯黑的服装。若门外马车真是来进行魔女狩猎的，情况可能会很糟糕……

可也没法让她从后门逃走。小忍正想着，就听到有人粗暴地敲击格子门。

"欢、欢迎光临！"

"……欢迎。"

小忍这声问候要比平日高上半个音节，而阿信则依旧沉稳安静。

不过柜台内的阿信那种一旦发生什么不测，就会立刻行动的姿态，着实令人感动。

稍稍将格子门打开一些，外面的客人便闯了进来。

不，确切地说这不是客人。

那是一张小忍非常不愿意看到的脸。

"哎呀，'居酒屋阿信'的各位，那时真是承蒙照顾啊。"

是达米安。

这个曾经诬陷“居酒屋阿信”出售的啤酒是皇家禁止制作的拉格啤酒，并与巴斯克霍夫狼狈为奸的奸佞小人。他本该是受到通缉的罪犯，真没想到这么快又会再次见面。

“您有什么事吗？”

“来到居酒屋，应该享受美食美酒，我虽然是想这么说，不过并非为此而来。今天可不是我独自前来。大司教猊下，就是这里。”

达米安说着，以戏剧般的夸张方式将格子门拉开。

低头进入屋中的，是一位身着僧服身材高大的男人。

年龄可能已经超过五十岁，可是肌肤紧致，看起来要比实际年龄年轻。虽说身着僧服，可却是用纯白色正绢配以银丝刺绣而成，与艾德温所穿的粗陋僧服真是天壤之别，这正是身居高位的圣职者的服饰。

“原来如此。这家店的装潢真有一种异国风情。”

他一面擦着自己那双如婴儿般娇嫩的手掌，一面以某种经常出席高雅聚会之人特有的高调姿态在面前的餐桌旁坐了下来。看到酒馆角落的英格立顿后，这位客人还笑着向她点了点头，简直就像是位品性高雅的男士。

不过，这也许是对方的障眼法也未可知。

根据店里的习惯，小忍向坐在餐桌边的客人送上毛巾。

接过毛巾的大司教对其热度吃了一惊，随后便高兴地眯起眼睛来回玩赏，直到手中的毛巾稍稍变凉后才擦了擦手。

一旁的达米安一脸苦相地看着这一切，大声咳嗽了一下，说：

“今日大司教猊下莅临此店别无它事，只因居酒屋阿信有魔女巢穴之嫌疑。此番前来正欲进行审判。”

到底还是因为魔女狩猎。

此次事件达米安也牵扯其中，着实令人惊讶。不过自己想想也并不意外。

这是对“居酒屋阿信”进行报复吧。他正是这样的卑鄙小人。

不知不觉中，小忍的表情变得很气愤。

这种情况下，小忍要比阿信更适合出来接人待客。口才欠佳的阿信很可能会被问得无言以对。

“这里只是家寻常居酒屋。除此之外再无其他。”

“当然，要真是这样就太好了。”

达米安的嘴边浮现出卑鄙的笑容，他继续说道：

“但这不是我要说的，你心里应该很清楚吧？”

“我不知道您是什么意思。我们只是家遵纪守法的居酒屋。”

“哦？遵纪守法吗？原来如此。”

一旁的大司教一直缄口不言。只是带着深深的兴趣观察着事态的发展。

在背后推动魔女狩猎行动的，也许正是达米安，小忍暗忖。

“魔女与远古精灵关系密切，与白毛之狐很是要好。曾有人声称看到过店内有狐狸出没。这件事你怎么说？”

“……狐狸……吗？”

一瞬，小忍向神龛的方向望去。那里虽然供奉着稻荷神，可店里并未饲养狐狸。对方不会在开什么恶意的玩笑吧。

供奉的炸豆腐和稻荷寿司有时会发生消失的情况。小忍觉得是阿信拿走了。

“即便装模作样也没用，还是如实供述吧。”

“我真的什么都不知道。”

达米安微微耸了耸肩。他脸上的表情好像在说“真是个嘴硬的家伙”，不过不知道的事情就是不知道。

审问还在继续。达米安取出一摞折起来的羊皮纸，用手沾着唾沫不停翻动。

如此强势的责问，真令人心情不快。更何况对方是达米安。

真想快点结束啊，可对方如饿狼般紧紧咬住不放。自己不能有丝毫松懈。

“蘑菇的事情怎么解释？蘑菇是魔女的象征。由于过去魔女狩猎的传言，古都居民并不经常食用蘑菇。可在‘居酒屋阿信’，蘑菇却是平时使用的食材。”

“我听说年轻人对这个传统并不怎么在意。”

“不在意与有没有这种风俗是两回事。有很大一部分上了年纪的人至今遵守戒律不吃蘑菇。”

“我们是从别处搬过来的……”

达米安的目光透着一丝怪异。他冷笑的表情让人感到厌恶。

“别处来的。正因为从别处来的，‘居酒屋阿信’才能提供从未见过的料理，才会有闻所未闻的装潢。屋内冬暖夏凉，食客当然会很喜欢。”

达米安手舞足蹈说话的样子，简直就像个小丑。

“那你是从何处来的？”

直指核心的问题，小忍无言以对。

答不出来。当然也无法回答。即便如实说自己来自异世界，对方也不可能相信。

若是不能说明自己从何处而来的话，会被当成魔女处理吧？

虽然不太清楚会怎样，不过对手可是达米安。模糊不清的部分正是他的“邪恶之处”。

“答不出来吗？你不可能答得出来。这家店正是因魔女施法而存在的吧？”

正在达米安这句结论似断非断的时候，从酒馆内侧的餐桌边传来笑声。

是英格立顿。

她的笑声逐渐洪亮起来，甚至将达米安的气势压了下去。

“真是有趣的对话。”

“……你是何人？”

“我叫英格立顿，是这家店的常客。”

英格立顿慢悠悠地向一脸惊讶的达米安走了过来，脸上带着平日那种淡然的笑容。

不过，那双眼睛不知为何给人一种超脱的感觉。

脖子下方的护身符，今天也散发着蔚蓝色的光芒。

“若云不知从何来，众人皆为不知者？”

“我不是来辩论哲学或者神学问题的。”

“魔女审判不正是神学辩论的重点吗？”

英格立顿笑着继续说道：

“譬如撒库努辛普鲁库侯爵，虽然他的家族历史悠久，但在入关之前对自己的出身毫无所知。有人说其先祖是矿工，有人说是流浪汉，更有人说是山贼海盗。唯一确定的就是其祖先来自北方。任何人最初都是从外地搬到此处的。”

“你想说什么？”

“古都中，这种不明出身的人到处都有。即便不知道自己的出身，但若是在古都住上个一年半载，就会认同自己古都居民的身份。‘居酒屋阿信’若是魔女巢穴的话，古都居民过半必定都是魔女。”

“你这不是在说胡话吗！”

“不是啊，本来就是胡话。”

面对激动的达米安，英格立顿似乎颇为鄙视，说话的语气依旧一派悠闲。

不知何时，关于“阿信”的话题被带偏到别的地方去了。

“不，不对。‘居酒屋阿信’就是魔女巢穴。”

“这样轻易下判断不是稍有些证据不足吗？”

“你如此辩驳，又有何企图？如此庇护‘居酒屋阿信’……根据事态的发展，你也要……”

面对眼前口沫横飞，情绪激动的达米安，英格立顿嫣然一笑。

“我吗？我就是魔女啊。如假包换的。”

“如假包换的……魔女？”

达米安一时语塞，脸颊由愤怒的通红变成了惨白。

他没想到魔女真会自报家门吧。这简直就是打草惊蛇而被毒蛇咬伤。带着求助的神情，他回头望向大司教，可对方依旧缄默不言。

“没错，我正是魔女。住在你所说的密林深处，用药物或咒语治疗病痛的魔女。”

“喂，喂，你知道自己在说什么吗？”

“当然知道啊。我也是教导圣省的虔诚信徒啊。从未缺席过礼拜，并且熟悉圣典。”

英格立顿义正词严，听起来哪像是魔女，反倒像是位圣职者。

这铿锵有力的话语，令存心找碴的达米安暴跳如雷。

“别说胡话！只要是魔女，必定是信仰的敌人。”

“别把自己的无知当成不学习上进的借口，魔女一定不会信仰神与女神的这种说法毫无道理。反过来说，圣职者不得成为魔女的

说法也是毫无道理。”

“你说的不对，你不是魔女！”

达米安的声音如野兽狂啸。可能因被说“无知”而被激怒了吧，刚才惨白的脸色此刻变成了红黑色。

“我就是魔女啊，而且还是个圣职者呢。您想如何裁决我？”

“以大司教大人的名义进行仲裁。绝不能放过任何一个自称魔女之人，应该立刻押至郊外宅邸，用火……”

“够了。”

打断达米安的，是一直在旁边细细观看的大司教。

“已经可以了。达米安。你的魔女搜寻工作到此结束了。”

“猊下，您说什么结束了？”

“长期寻找的魔女已经找到了。”

大司教瞥了一眼达米安，一步一步向英格立顿走去。

他的脸上并未显现出搜寻到魔女的圣职者应有的表情，反而露出喜悦的神色。

“好久不见，英格立顿前辈。您现在还是这样有精神。”

“您说什么好久不见？我和大司教您又不认识。”

英格立顿惊讶地回复道。

“您忘了吗？我是鲁顿利格，矮子鲁顿利格。我们曾经一起在教导圣省供过职。”

英格立顿喃喃念叨着“鲁顿利格”这个名字，随后她紧皱的眉头缓缓舒展，最后惊讶地睁开双眼。

“……你是那个鲁顿利格？可你的个子……”

“个子长了不少吧？”

大司教笑着说道：“最开始我也没能确定您就是英格立顿前辈。”

英格立顿听过后点了点头，瞳孔中绽放出惊喜的光芒。

啪的一声，护身符碎了。

镶嵌着蔚蓝色宝石的木牌一分为二，似乎已经完成了自己的使命。而宝石则咚的一下掉在了地板上。

“我一直在找您。在您成为魔女离开教导圣省后一直在寻找。”

英格立顿浮现出做了坏事被发现的表情。

“我走的时候应该没留下什么痕迹啊……”

“盛产美酒与甜食的地方我也派人去了。当然，还有那些有魔女传闻的地方。”

虽然鲁顿利格现在好像开玩笑似的轻松地说出来，可真正的过程却是他人想象不到的艰苦。

“当听说布罗森里安顿的森林中有位喜欢南瓜派的魔女，我便立即派人过去寻找。当听说阿鲁海尼亚温泉街有位好喝酒的魔女前来温泉疗养后，我便放弃会议，亲自赴北部搜寻……”

由于并非公务，所以无法委派正规部下前往。虽然多少也会雇用一些人暗中调查，不过这次指派达米安搜寻古都实属意外。

“虽然以前你这家伙就是那种一旦投入便不管他人目光的人，不过这次的行动也太高调了吧。”

“我对此次行动期待满满。而且还听说这里有家前任皇帝陛下也十分中意的居酒屋。”

“用这种方法可找不到啊……你已经花了几年时间了吧？”

“嗯嗯，真是很久了。”

小忍和阿信完全不能跟上眼前情况的变化。

大司教的目的并非狩猎魔女，而是寻找魔女。而且只为寻找英格立顿一人。

打破这一团和气的，是达米安。

“那又如何！她自报家门说是魔女的！而且还是在大司教猊下您的面前。有魔女出入，这家店也要连坐。”

达米安一脚踹翻椅子，歇斯底里地叫着。

不知刚才是否碰到了小腿，他此刻倒揉起了自己的腿。大司教看到达米安这副模样，眼神里充满了怜悯之情。

“魔女！你也是，你也是，你们都是魔女！‘居酒屋阿信’就是魔女的店铺！不能让他们在古都中待下去。即便不会受到制裁，他们也要终生背负魔女的烙印！”

“适可而止吧，达米安。”

“猊下，请不要半途而废。给他们烙上魔女的烙印……”

“我不能那样做，而且我也没打算那样做。现在不是百年之前了。”

“那为何您会赞同魔女狩猎呢？！”

听到这个问题，大司教摇了摇头，脸上浮现出复杂的表情。

“我赞同的只是寻找魔女。但是达米安你却搞成了魔女狩猎。”

刚才一直在不停颤抖的达米安如脱兔般蹿了出去。

他本想从前门逃走，但被阿信制止了。可能是意识到自己不可能从手持擀面杖的阿信面前通过，达米安瞬间改变方向，向后门跑去。

“啊，别去那儿！”

达米安没有理会小忍的呼喊，跑出后门，不见踪影。

“啪”的一声，后门被关上了。小忍抓住了达米安的手但还是被他挣脱了。可她在最后一瞬看到的，并不是平常那条日本商业街的巷子，而好像是什么地方的山道。

后门外并不是达米安熟悉的古都街道。

苍松翠柏深山老林中，有条石板铺成的道路。达米安正在上面蹒跚而行。

若只是普通的山道，并不会太过可怕。最多会被出现的山贼追逐，达米安对付这种小贼手到擒来。

可问题是这座山似乎并不是普通的山。

达米安静静地抚摸着涂成红色的木头。他并不知道此物名为牌坊。

让人联想到守护异教神殿之门的这个红色建筑，密布山道。

前进也好，后退也好，到处都是这种建筑，达米安感到自己无路可逃。

在长时间的不停游走之后，达米安终于步履蹒跚地来到了岔路口。可这里无论哪条路都有着无尽的牌子。

“……这里……究竟是哪里……”

达米安用尽最后的力气说道。而他的耳畔，传来阵阵狐鸣。

是中了魔女的法术了吗？达米安一面擦汗，一面盯着狐鸣之音传来的方向，却什么都没有看到。而且他此时已经没有任何力气，只得原地一屁股坐了下来。

狐鸣之声，再次响起。

筋疲力尽而无法动弹的达米安，再次在古都的街道上被发现，已经是数日后的事情了。

记忆中的蛤蜊

不知何时，雨雪交加的天气晴了起来。

厚厚的云朵之间，露出夕阳的光芒。透过格子门，晚秋那柔美之光将店内照得光彩异常。

鲁顿利格慢慢在英格立顿身边坐了下来。此刻柜台前只有两人独处。虽然柜台收拾得干净整洁，可不知为何，眼前场景倒令两人想到了数十年前圣王都内那家拥挤杂乱的酒馆。

“那时候也没什么钱，我们只能去廉价酒馆喝掺了水的酒。”

“鲁顿利格总是只喝牛奶。”

英格立顿好像也想到了那时的事情。

“别再提那件事了，我现在也长高了。”

用酿过葡萄酒后的残渣经发酵制成的蒸馏酒是贫穷学僧们的好饮品。由于蒸馏酒原本度数极高，即便掺了水也会醉人。再者蒸馏酒并非正规流通品，即便是因为饮酒而受到责罚也可以以此为借口，真是种“百利无一害”的饮品。

鲁顿利格与英格立顿两人，在当时都是小有名气的“不良学僧”。

“前辈离开之后，那家店的赊账都由艾德温先生为我们付清了。”

“嗯？是艾德温先生吗？我只记得他是位头发长长，爱说教的前辈。原来他也有好的一面啊。”

“他是个认真的人啊。也不知道他现在哪里，从事何种工作。”

“我此前曾在古都见到过一位和他长得很像的人。不过艾德温先生应该已经不是助祭了。也许是我看错了也说不定。”

“肯定不是助祭吧。再怎么说也是皮鲁比德哥特红衣主教的心腹之人啊。”

“说的也是。不管怎么说，没打小算盘就为我们付清赊账的人就是好人啊。”

“不过说回来，此后他也让我帮助他完成了很多研究工作。很多很多啊。”

“我”字刚说出口，鲁顿利格便赶紧捂住了嘴巴。作为管区大司教，自己一直被称为猊下。当然不能说“我”这个字。

不过英格立顿却好像毫不在意。从她嘴角微微上翘的样子来看，应该是注意到了对方的措辞，但她并不想抓住这点嘲笑一番。

居酒屋中弥漫着怀旧的气息，两人沉浸其中。此刻的英格立顿与鲁顿利格并非魔女与大司教。而是那时的“前辈与我”。

在曾经的轻松氛围马上就要复苏时，鲁顿利格微微深呼吸了一下。现在的自己已经没有这样做的资格了。

啤酒杯不知何时已经空了，两人随即又点了第二杯。

越是感受到此间柔和的气氛与怀念的沉默，鲁顿利格心中那胡椒粒般的罪恶感便会越加放大。

现在必须向英格立顿道歉。

不仅作为大司教，更是作为鲁顿利格。不仅要对这次的事件道歉，更要对那时的事情道歉。

将“搜寻魔女”的任务交给达米安这样的宵小，是鲁顿利格的失误。无法确认是公务行为的搜寻魔女活动，便无法命令正规部下前往。而且红衣主教选举日益临近，自己也必须全力以赴。

“……前辈。”

鲁顿利格已经下定决心，可英格立顿却笑着摆了摆手，

“鲁顿利格，让人喝不下去酒的话题还是下次再说吧。”

英格立顿微笑着喝了一口拉格啤酒。她的样子与昔日别无二致。时光竟会如此塑造秀美，真令鲁顿利格涌出不可思议的感动。

“前辈，怎么样，换家店？”

“换家店？”

“我现在入住那家酒店的食堂在古都中也很有名气。那里提供东王国风格的料理。虽然由于是内陆，鱼的料理不太新鲜，但肉菜确实不错。”

“这样啊。”

鲁顿利格想起昔日两人那个“同去上等餐馆享受上等美食”的约定。

英格立顿离开圣王国之后，他便开始拼命学习，并获得了与之相匹配的地位。收入也达到了令人羡慕的程度。可即便是这样，他也从未满足过，也许正是因为总是独自一个人的缘故。

与英格立顿共同就餐，有种自己的欲望终于得到了满足的感觉。

“可是，我觉得这里就不错啊，鲁顿利格。”

“您这是什么意思，前辈？”

“这里的气氛和那时很像呢。而且这家店的料理也很不错。”

听到英格立顿脱口而出的言语，鲁顿利格不禁耸了耸肩。

这种事怎可能呢？这家店位于马夫宿舍大街，这里正是古都的偏僻地区。若是普通街道上的酒馆，可能还能提供相应的料理，可这里……

虽然他怀疑对方是在捉弄自己，可又感觉并非如此……

英格立顿只是美美地喝着啤酒。

“小忍，请上点好吃的料理。”

“好的，明白了。”

英格立顿点了菜，那个叫小忍的服务生元气满满地回应。

既然已经点了菜，那就没办法了。鲁顿利格早已遍尝美味，虽然可能会不合自己的口味，不过毕竟是英格立顿的推荐。返回贫穷的学僧时代，偶尔用廉价料理换换口味也是一种快乐。

鲁顿利格确信，以自己现在的状态，无论吃什么都会感觉美味。

能与一直寻找的人相见，再也没有比这更令人愉悦的事情了。

昔日那件蘑菇事件。

为了庇护自己因疏忽而出现的巨大失误，英格立顿离开圣王都做起了魔女，鲁顿利格的线索只有这些。虽然最初觉得很容易就能找到对方，可没想到花了这么多年的时间。不过，高兴的心情还是没有变化。

这也算是吉兆。

虽然在资金方面失去了巴斯克霍夫的支持，可鲁顿利格内心充满激情，誓要在红衣主教选举中战斗到底。

一直寻找的人于此刻相会，这一定是转运的象征。

这次邂逅，对此前一直蛰伏度日的鲁顿利格来说，应该是一声反击的号角。

就任红衣主教，返回中央。然后重组古典回归派并与皮鲁比德哥特的改革派一决雌雄。

“让您久等了！”

小忍端来的食盘中是自己非常熟悉的食材。

“蛤蜊吗？”

口中说出这个名字，心中感到一阵怀念。蛤蜊可是穷学生的标准配置。

圣王国海岸线绵长，蛤蜊资源异常丰富。时令季节用耙子在沙滩上翻耙，不一会儿便可集到满满一桶。

学僧以发散思维为由来到海边。整桶整桶地搜罗蛤蜊，随后再以低廉的价格卖给酒馆。他们获得的并非现金，而是酒精。整桶的蛤蜊化作数杯葡萄酒，继而化为推动学僧们思维与讨论的助燃剂。食用的料理，自然也是以蛤蜊为主。

那时吃到厌腻，看上一眼都会心生不快的蛤蜊，此刻却异常怀念。

与帝国出身的英格立顿不同，鲁顿利格生长于圣王国的海边。

作为大司教赴此地任职以来，可能由于只能吃到内陆食物的缘故，看到蛤蜊之后竟然唤起了自己的思乡之情。

话虽如此，可蛤蜊并非美味之物。

这是鲁顿利格尝遍蛤蜊料理后的结论。

若是鲜度尚佳的话，也可以做出美味的料理。可在这地处内陆的古都算是奢望了。

若是索性做成意面，虽然整体外观有所变化，也算是乐在其中。不过作为帝国北部的城市，古都中不会有酒馆经常备意面这种圣王国的名产。

“看上去味道不错，能给我来份烧酒吗？”

“好的，烧酒吗？”

“麻烦再拿两个酒盅。”

英格立顿点的“烧酒”是酒的品牌吗？食用贝类料理的话，可能是白葡萄酒。

帝国的葡萄酒与东王国或圣王国的比起来可谓天壤之别。不过若是英格立顿，应该知道一些物美价廉的牌子吧。

这样也挺有意思的。

对于尝遍美食的鲁顿利格来说反而会产生新鲜的感觉。

以怀念为调味料享用昔日廉价的贝类料理，以性价比超高的葡萄酒作为买醉的介质。

本是圣职者不应出现的行为，不过却是令人愉悦的行为。

若是成为红衣主教在圣王国任职的话，也许就再也无法享受到这份傻傻的快乐了。

“那就再干一杯吧。”

可英格立顿拿过来的很明显不是白葡萄酒。

小小的瓷杯中是无色透明的酒，酒精的香气四溢。

那股不停钻入鼻腔的芳香味道，鲁顿利格似曾相识。对，正是在刚刚的蛤蜊料理中闻到过的气味。

细细思考这种香味究竟为何物，可能是源于杯中之酒吧。

“干杯！”

“干杯！”

一口饮入，酒力瞬间沁入身体。这种酒必须用鼻喉细细体会，正因如此才用小杯饮用。虽然是第一次品尝，但味道和香气均属上乘。

若是沉溺于芳醇之味的话很容易饮用过量而一醉不醒，这种酒还是细细品味为佳。

想到这里，鲁顿利格不禁笑了起来。自己什么时候变得对酒类如此精通了呢？要知道此前坐在英格立顿身边时，自己喝的都是牛奶。

鲁顿利格一面思考着，一面取过酒蒸蛤蜊。

不必拘泥于礼节，此时此刻我并非大司教而只是普通人鲁顿利格。

他一面吸闻着汤的香气，一面将蛤蜊连壳送入口中。

很烫，不过很美味。

虽然使用蒸熟的方法可以最大限度保留蛤蜊本身的味道，不过这一口却没有尝到腥臭味。

在想着细细体味口中蛤蜊的味道之前，手却又不由自主地伸向了下一个蛤蜊。

啾溜。

啾溜。

鲁顿利格用牙齿巧妙地撬开贝壳紧闭的“家伙”，一个一个地享用着面前的蛤蜊。

蛤蜊与烧酒也很配。

虽然它与白葡萄酒搭配味道也会不错，不过今天搭配的是烧酒。

看了一眼身旁的英格立顿，她面前的空盘中也积累了不少空壳。

就这样一直吃着，也许是酒精的缘故，从腹部深处涌上一股热量。

这是食用冷餐绝不会出现的感觉。英格立顿推荐的这道菜真是绝妙。

感觉自己好像年轻了十岁二十岁，鲁顿利格拿起最后一个蛤蜊送入口中。

鲁顿利格相信，不将料理吃得精光而有意剩下一些才是富有的表现，这样说来，他今天的表现倒真是少见。

“怎么样，蛤蜊的味道不错吧。”

“真没想到能在古都吃到如此美味的蛤蜊。”

鲁顿利格一面用毛巾擦拭着脸上涌出的汗液，一面笑着说道。

“居酒屋阿信”真是家好店啊。多亏了这家店才能与英格立顿再次相遇。

最近令人苦恼的腹痛和贫血，此刻好像也全都消失不见了。

他习惯性地从怀中取出酒杯，刚想向小忍点一杯热葡萄酒，却被英格立顿制止了。

“这杯子，还真是少见啊。”

“啊，前辈也这样觉得吗？这是刚才那个达米安送给我的。杯子上的装饰也是古香古色。用这个喝酒的话，便宜的葡萄酒也会变得美味异常。”

“原来如此。”

英格立顿接过酒杯仔细赏玩了一番，随后叹了口气将酒杯放到小忍手中。

“小忍，帮我把这个杯子扔了。注意别让任何人捡到。”

“英格立顿前辈？”

“鲁顿利格，你还是别搞什么政治了。不要野心太大，找个合适的地方安身最好。”

对这句突兀的发言而感到不知所措的小忍看了一下杯子，忽然高声说道：

“这个杯子内侧贴着铅片啊……这样的话确实不能用了。”

“这是怎么回事？”

英格立顿回复道：

“你要是总用这个喝葡萄酒，杯里的铅就会与葡萄酒相溶，长期喝的话会腐蚀身体。”

说起来还真是这样。自从用这个杯子在饭后饮用葡萄酒开始，腹痛与贫血便频发不止。精神不佳也差不多是在那时开始的。

“最坏的情况会致死。”

暗杀。

鲁顿利格头脑中闪过此念。

主谋究竟是将杯子送给自己的达米安，还是他背后的黑手。无论谁是主谋，只要自己继续使用这个杯子的话……

鲁顿利格背后冷汗直流。

“每个人都有自己的强项弱项。鲁顿利格，你赶紧打消做红衣主教的念头，找个什么地方的修道院隐居为好。这样晚年还可以平安度过。”

岁月荏苒，而英格立顿眼神中那智慧的光辉依旧如初。她的容颜与自己被称作“矮子”时那个所爱慕的英格立顿并无半点不同。

鲁顿利格扭头看了一眼正在要求烧酒续杯的英格立顿，心中暗忖：那时为什么没有和她一同离开圣王国呢？

土豆炖肉

从街道上传来了孩子们的打闹声。

这几日古都的各条大街都在忙着大市的准备工作。男性市民抬着为祈福来年丰收所制作的大型人偶四处游走提前演练，据说这是源于当地农村的习俗。

伊萨库说过，祭典会在古都人流最多的地方举行。

阿鲁努今日依旧趴在“居酒屋阿信”的柜台上，无所事事地摆动着双腿。

对双腿的摆动产生厌烦后，他便开始催眠似的将自己晃动的双腿想象成自己的身体。这样晃动的便是自己的身体了，这样一想，还真是有趣。

“不，并不有趣。”

阿鲁努忽然直起身子。掌柜看到后吓了一跳，不过马上又将视线回落到了炒锅里。

这阵子掌柜全情投入，好像在试做什么新的料理。

虽然试做的菜肴与阿鲁努关系不大，不过从试吃过的小忍与艾珐的反应来看，这又会成为“居酒屋阿信”的一道招牌菜。

“阿鲁努先生已经做好祭典的准备了吗？”

掌柜问了一句。他说话的声音如同喃喃自语一般。小忍有事外出，店内只有掌柜与艾珐。他那句问话被锅中的声音所干扰。

掌柜语气中并无责怪之意。若是他真觉得阿鲁努在这里碍事的话，可能早就指出来了。这间居酒屋里，有着令人不可思议的温暖感觉。

“严格来说，我并不是古都居民，所以也不想参与这个祭典。”

“啊，也是啊。”

阿鲁努的回答中带着稍许苦恼。而掌柜则对他那种欲言又止状态的颇为理解。

“这家店已经成为古都真正的一员了。我听他们说，这里马上就要开业满一周年了。”

“确实是的。”

掌柜说着，不好意思地笑了。看着掌柜的样子，阿鲁努好像多少明白了自己喜欢这家店的理由。这里的人，率真直白，无论是店员还是顾客。正是这种率真吸引着自己吧。

“古老的律例有载，若是在古都住满一年，就会获得古都居民的身份。所以‘居酒屋阿信’也已经是古都的一员了。”

“阿鲁努先生您呢？”

“我嘛……有点不同……”

阿鲁努苦笑着，喝了一口焙茶。这是他最近在“居酒屋阿信”内最为中意的一款饮品。喝下之后，腹底会生出丝丝温暖，将负面情绪一扫而光。

此刻万物寂静，只有锅中发出的“扑哧扑哧”声。

“弟弟……”

“嗯？”

虽然貌似自言自语般的腔调，可还是被掌柜听到了。

也许是神智有些恍惚吧。虽然阿鲁努不太想说关于自己的话题，不过既然已经说到这儿了，随意打断话题的话也不像自己的作风。

“我有弟弟的。”

“小您几岁？”

“三岁……吧……”

平日的话一定不会再说下去。可不知为何，与掌柜对话时便全都说了出来，而且没有半点不快，也许正是因为自己想说出来的缘故。

“弟弟非常优秀，与我差别甚大。家里的老爹也经常这样说。很多人都说弟弟比我更适合继承家业。”

“所以您才想成为吟游诗人啊。”

“我可是真心想成为吟游诗人的。不过，有些想嘲弄他们的意思，也是事实。”

掌柜没有接话，好像催促着阿鲁努继续说下去。

“不要说得太多。”阿鲁努大脑中冷静的部分这样提醒着。可是店内过于温暖，将阿鲁努的大脑烤得热烘烘的，他就像酩酊大醉般不假思索地继续说道：

“我在老爹的指导下已经实习了近两年，可一点也没感到有趣。每天就是不停地重复最基本的工作。虽然我也想做些其他的事情，可那些新鲜的事情全部被老爹斥为失败。不过那些事倒是很适合弟弟来做。”

“所以便离开了家庭。”这句话虽未出口，可听者自明。

掌柜默默地点了点头。

“库洛温凯鲁老师在为我点评诗歌的时候，也说我的作品有逃避性的倾向。我心里明白，这指的就是继承家业的事情。不过，若是我这种人真的继承了家业，那么不光是自己，身边的所有人都会因此而不幸。同一件事不停重复直到死去，我实在是做不来。”

说到这里，阿鲁努才终于明白自己真实的想法。

正是由于厌烦日复一日的重复，所以自己才会憧憬流浪，才会希望自己成为吟游诗人。

细细思考，确实如库洛温凯鲁所说“具有逃避性”。老师仅读了自己数十篇诗歌，就能将自己完全看穿，这是源于自己思想的肤浅呢？还是源于老师眼光的锐利呢？

无论是哪种，自己甚至都无法自嘲。

掌柜静静地将一个小盘子端了出来。盘内是略带颜色的温温汤汁。

“这是本店研发料理时使用的‘出汁’。请尝尝味道。”

阿鲁努点了点头，将汤汁送入口中。

浓郁的口感，优雅的味道。

“为了制作这份‘出汁’，我花了十四年的时间。”

“……十四年？”

掌柜看上去还很年轻，不过也差不多三十岁了吧。十四年的话，就是目前人生的一半。

要用这么长的时间来确定汤汁的味道吗？

“这不就是一份汤料吗？”阿鲁努话刚到嘴边便咽了回去。十四年的积累所得，不能加以否定。

“阿鲁努先生您刚才说自己实习了两年，我认为那并不能说明您是合适还是不合适。”

“不，我能确定自己的感觉。”

“若是真心希望成为吟游诗人，诗歌中是不是不该出现如库洛温凯鲁老师所说的那种迷茫呢？”

阿鲁努的喉咙中发出了类似叹息的声音。按照掌柜的话头接下去的话，两年的时间也无法断定自己是否适合吟游诗人的角色。不过掌柜却巧妙地将后半句避开了。

说到底还是因为留恋。

这就是掌柜想说出来的话。本心是想要继承家业，可由于迟迟不能上手所以才为自己找了这个借口。

最终，还是自己逃掉了吗？阿鲁努一面自问，一面缓缓地闭上了双眼。

基本功就是一切，这一点自己也知道。可为了确认自己的才能而不断尝试新鲜的事物。结果为自己善后的全部是部下。

正想着，又一个盘子端到了阿鲁努面前。

盘中盛的是土豆和肉块。为了调色还加入了胡萝卜和扁豆。

这是自己在“居酒屋阿信”未曾见过的料理。这就是掌柜口中那道试做的料理吗？

“土豆炖肉。阿鲁努先生您是第一位尝到的客人。”

这样的角色，感觉还不坏。

阿鲁努最近已经可以熟练地使用筷子了。他用筷子轻轻将土豆割成小块。在土豆通体不碎的情况下，用筷子将饱含汤汁的土豆分割开来，这种技巧他现在非常熟练。

送入口中的一瞬，阿鲁努便惊呆了。

黏软的口感与“居酒屋阿信”出品的芋头十分相似。

不过，这土豆就是本地出产的。

这土豆正是“自己从出生到现在已经吃腻”的那种土豆。

这就是安心的味道吧。阿鲁努就好像要将汤切开似的，不停地将土豆和肉块送入口中。

这道完全入味的料理，是“居酒屋阿信”中其他煮物料理所不能比拟的。刚才尝过的“出汁”那浓郁的味道，更是将土豆的美味最大限度地引了出来。

阿鲁努回过神来的时候，盘中已经空空如也。

“味道如何？”

“土豆味道真不错。这也是‘阿信’……不……是古都的新美食。”

掌柜淡淡地笑了起来，阿鲁努也跟着笑了出来。

这是一道与赚钱有关的料理。

刚才还在想着让弟弟继承家业的事，现在却思考起土豆来了。

想个什么办法，使更多的人都能吃到这道土豆炖肉，这样的话就能在古都大大销售土豆了。伊萨库说过，古都周边栽培的土豆与其他地区的品种稍有不同。

若是销售顺利的话，此前只能给人“救贫作物”印象的土豆会摇身一变成为新的财源。这样一来，目前尚不富裕的人便会有更好的生活。

“阿鲁努先生，您现在很高兴啊。”

“是这样吗……”

阿鲁努不好意思似的将目光移到一旁。

也许自己的本心是想继承家业的。

想做的事太多，可全部都处于半瓶子晃悠的阶段，这，就是自己的真实状态吧。

这究竟是何等因果，仅仅因为一份煮物料理，自己便完全摆脱了持续数月的烦恼。虽然一直觉得自己是个苦孩子，可未曾想到摆脱苦恼竟然如此简单。

掌柜用十四年的时间才决定了汤汁的味道。自己也要用十四年的时间努力工作。若仍旧不行的话，便会将家业让与弟弟继承。自己再用十四年的时间进行吟游诗人的修炼。

真是令人愉快且意义丰富的人生规划啊。

“阿鲁努少爷在贵店吗？”

“啊，伊萨库，你来得正好。能不能让伊萨库也尝尝刚才的土豆炖肉？”

不知何时已经走近的伊萨库，看到阿鲁努的瞬间显出非常惊讶的样子。但马上用多年磨炼出来的自制力将惊讶感压了回去。

伊萨库确实是非常优秀的部下。不过此后自己将给他更加困难的任务，阿鲁努心中有一个想法正在渐渐成型。

“土豆炖肉……吗？”

伊萨库使用筷子的手法比阿鲁努更加熟练。

不管是吃土豆还是吃肉块，他都是一副双眼瞪圆的模样，看上去颇为有趣。

“掌柜，这真是道了不起的料理……北方虽然有与此相似的料理，但他们会加入酸奶油。您这份土豆炖肉并没有依靠那种小手段取胜，而是作为真正的料理胜出！”

“这便是‘守破离’。”

“‘守破离’？”

阿鲁努将这个自己从未听过的单词抛了回去。

“这是从师傅那里学来的说法。最初规规矩矩地模仿师傅的技艺，这便是‘守’。随后开始从所学之中突破出来，这便是‘破’。最后凤凰涅槃，做出只属于自己风格的料理，这便是‘离’。”

“‘守破离’……”

阿鲁努将系在腰间的羊皮纸卷拿了下来，在上面写下了“守破离”三个字。虽然那本是他为了随时记录诗歌灵感而准备的，不过此后会更多地记录诗歌之外的事情吧。

“真是种不错的说法啊，阿鲁努少爷。”

伊萨库的口气听起来多少有些揶揄的意思，他指的是阿鲁努两年内便放弃了其父交代的工作这件事吧。

虽然无法反驳，不过此后阿鲁努的人生将会不同。

“伊萨库，我想要继承家业。”

“嗯？”

也许是对突如其来的宣言大吃一惊，伊萨库的筷子掉了下来。

如此吃惊，实属有因。今早还对自己说要放弃继承家业的阿鲁努，此刻却来了个一百八十度的大转弯。虽然伊萨库此前心里也曾有所准备，不过对方竟然转变得如此突然，还是会令人联想到在开玩笑。

不过，伊萨库的反应比想象中的还要强烈。

“恭、恭喜恭喜！”

伊萨库说着，一下便从椅子上蹿了起来，深深地鞠了一躬。他的形态如此夸张，真令人担心腰会不会被折断。

直起身体之后，伊萨库泪流满面。

对平日严肃认真的他来说，这是一份无法想象的喜悦。

“我伊萨库，作为从小跟阿鲁努少爷长大的伙伴，有生以来头一次像今天这样高兴。”

外出归来的小忍还不能明白刚才发生了什么，只是战战兢兢地望着眼前的场景。

“阿鲁努少爷，我们庆祝一下吧。今天就庆祝一下！”

“啊啊，好是好……不过……”

“钱的事情您不必担心！大老爷在我这里存着很多给您的钱呢！”

阿鲁努转头向掌柜求助，而对方只是嘴角上翘微微一笑。

从掌柜麻利地开始准备料理看来，他也是这种想法吧。

那天晚上，“居酒屋阿信”召开了盛大的宴会，所有食客的消费全部由阿鲁努支付。

翌日清晨，在围绕古都的所有侯爵领地中，均贴出了撒库努辛普鲁库侯爵阿鲁努十五世继位的布告。

古都的大市

今天是大市的首日，晴空万里。

去年也好，前年也好，甚至是数年前也好，大市首日都是晴空万里，真是不可思议。

据马鲁塞鲁所知，这已经是一种惯例。至少从自己曾祖父那代人开始，这一天便滴雨未下。

但此时依旧严寒刺骨。天气晴朗却寒冷彻骨也是这个季节常有之事。老而瘦的马鲁塞鲁就连自己正在贩卖的商品服装都雍臃肿肿地裹在身上。

与去年一样，大市如期顺利举行。而马鲁塞鲁则悄悄放下了自己那颗悬着的心。

由于刚刚就任市参事会的新议长不久，若是出现什么意外，一定会令人沮丧。

不知为何，前任议长巴斯克霍夫那家伙成了阶下囚。而在纺织匠公会的历任会长中，马鲁塞鲁是最容易说话的一位，也正因如此才被参事会推举为新议长。他现在唯一的愿望就是大市能顺利结束。

太阳初升，马鲁塞鲁登上大门台阶，诵唱着向女神祈祷的圣句。

今年也请女神保佑多多招揽商客。

大市的交易额左右着古都的税收。无论如何，都希望能有更多的商客前来。

酷寒之下，马鲁塞鲁一面揉搓着双手，一面登上台阶向钟楼走去。在市参事会议长鸣钟之后，大市便会正式开始。这份带有荣誉感的工作既是市参事会议长的权利，也是其义务。

虽然马鲁塞鲁内心还有一事放心不下，不过此刻首先要宣告大市的开始。

在能看到大门外场景的窗户旁边，今年当班的霍尔格与葛诺特早已等候多时。两人忙着遥望窗外景象，并未注意到马鲁塞鲁的到来。

“嗯嗯！”

马鲁塞鲁假意咳了一下，声音中尽是威严。年过六旬而精神矍铄的他在市参事会中却是个无足轻重的角色。为了保持自己的话语权，他只有在旧的巴斯克霍夫派与新的主流派之间周旋。

即便如此，市参事会中还是有霍尔格与葛诺特作为自己的小弟。这次指定这两人当班，也正是出于此故。

可不知为何，自己咳嗽之后，两人却并未转过头来。

是没听到吗？马鲁塞鲁再次轻轻咳了一声，依旧被无视。

这样就没办法了。马鲁塞鲁只得降低身段向两人打起招呼。

“早上好，二位。今年等待进城的马车已经排到眼前那座小丘之后了吗？”

从钟楼可以看到街道沿线的三座小丘。眼前的小丘、中间的小丘，还有远处的小丘。

若是马车及其护卫已经排到中间小丘的话，那便是大市的巨大胜利。前几年由于被北方三领邦问题所困扰，马车队就连眼前的小丘都没有排到。

鉴于今年北部地区已经安定，马鲁塞鲁对此期待满满。

“啊啊。议长。那边好像有点……”

“好像有点难以置信。”

霍尔格与葛诺特两人口中的不吉之兆，令马鲁塞鲁的胃“啾”的缩了一下。

莫非马车的队列连眼前的小丘也没有排到？果真如此的话，税收的事情要比想象中更加困难。修缮城墙也好，疏通运河也好，市参事会需要处理的事务堆积如山。若能确保充分的税收，那对于完成所有事务可谓极大的帮助。

“……是吗？我此前已经做好了心理准备。那……到底来了多少商客？今年的商客人数不会两只手就能数得过来吧。”

“两只手……数得过来吧……葛诺特？”

“有点难啊。”

实际上葛诺特已经曲着手指数了起来。马鲁塞鲁肩膀一落。最近马夫宿舍大街新开张了一家贩卖流行药品的药房，去那里买点胃药可能会好一点。

任期的第一年便被卷入了灾难。

真是对不住那些对大市期待满满的市民，今年只能这样硬着头皮进行下去，积累经验，以备来年再战。

“不过，仅是印有徽章的马车就在十辆以上，这场景真是好久未见了。”

“至少近十几年来没有过这样的记录。”

“……徽章？”

两人的对话令马鲁塞鲁一头雾水。

只有贵族乘坐的马车，才会印有徽章。

“除了往年必来的撒库努辛普鲁库侯爵和布兰塔诺男爵……那个徽章是什么，葛诺特？”

“是巴登布鲁克伯爵约翰·古斯塔夫阁下啊。后面的是北方三领邦的温德鲁马克伯爵、卡鲁斯马克伯爵，以及西斯登马克伯爵、吟游诗人库洛温凯鲁男爵。后面是管区大司教吗？圣王国的红衣主教也来了，真是少见！”

葛诺特如数家珍地说出这一位位大人物的名字，马鲁塞鲁一时还难以置信。他赶忙向窗外望去。

远方一片令人难以置信的光景映入眼帘。

印有徽章的马车与先导骑士手中所持旗帜已经跨过了眼前的小丘，后面跟着茫茫无际的车队。有很多人夸张地形容众多的护卫是对所载物品的宣传手段。不过今年却很不相同。眼前都是真正的王侯贵族率领臣下进入城中，此次规模远非往年可比。

绵延的车队一直延伸到了远处的小丘，而远丘之后一定还有更多的马车队。究竟发生了什么？

“议长，是不是发生了什么重大事件？”

“为这些正式访问的贵族们提供住宿的旅店明显不足啊。要立刻召开参事会，将贵族们的住宿分配妥当。当然，大量的商客及护卫的住宿也要解决。”

“啊啊……晚餐也必须好好准备。”

“不要着急。还是先听听对方的要求再动不迟。”

马鲁塞鲁对于葛诺特如此暧昧的说法十分惊讶。这样的贵族总不能随便安排个酒馆用餐喝酒。

可有能力接待此等贵宾的酒店，古都满打满算也没有几家。这也是急需解决的事情。

马鲁塞鲁从怀中搜寻着羊皮纸，想要把这一件件必须解决的事情记录下来。正在他搜寻的时候，“啪”的一声，一封书信掉在了地上。

“那是什么，议长？那封信？”

“好像是质量很高的羊皮纸？”

“没错，我正要找你们两人商量这个呢。”

将羊皮纸卷展开，上面用流畅的书法写了些令人莫名其妙的事情。

“什么？‘贵市所囚禁之人名为达米安者为东王国所庇护之人，请立即予以释放。东王国女摄政王赛蕾斯迪努·德·奥伊利亚’……”

女摄政王赛蕾斯迪努是代替东王国幼主犹他掌握国政的大人物。可这样的大人物为何会特意过问一名古都罪犯的事情呢？

“那名叫达米安的男人确实正在监狱里……”

“所犯何罪？”

“他就是那次魔女狩猎骚动的主犯。曾受大司教的庇护，不过现在已经没了关系。”

“真是段繁乱的关系啊。”

三人无言，相视颔首。这一定是个巧妙的恶作剧。羊皮纸的质量卓越，却无女摄政王的封蜡，这更增加了这封信的可疑度。

“不管这么说，眼前的大市更为重要。”

“正是如此。议长，请鸣钟吧。”

“嗯，好的。”

马鲁塞鲁咳了一下，双手握住了从钟内伸出的绳子。

迄今为止的人生都在随波逐流中度过，但此刻至少手中之绳可以按自己的意志牵动。

想着，马鲁塞鲁再次将自己彷徨的目光移向窗外。这次，他看到了更加不可思议的事情。

小丘之上一面迎风招展的大旗，旗子上所描绘的是“三头龙与鹰爪”……

“前、前任皇帝陛下！”

如此重磅的消息几乎让马鲁塞鲁摔倒，他赶紧抓住手边的东西。

铛、铛、铛……

拉动绳子后古钟便发出了厚重的回响之声，早已准备停当的卫兵队将古都大门的门闩打开。

车队缓慢行进驶入大门。后续车队的行动如阵阵涟漪，传导至小丘之外。不知何人在何处吹了一声口哨，随后锣声与鼓声如同约定般一起响了起来。

自此，古都的大市便拉开了帷幕。

“虽说大市开始了，可这也太过热闹了吧。”

小忍将格子门打开一道缝隙，悄悄窥视着店前街道上不息的人流。

平日都是马夫行走的这条大街，今天也因为大市而热闹非常。

已经是夕阳西下的时间，可人流却越来越密。到了夜晚，收获祭这道“主菜”才会登场，祭典将会持续整个夜晚。

各国前来的商人中也有许多不愿意为住宿花费太多的人士，他们便以这里为基点作为大市的贸易区进行交易。

感谢这么多年轻而有活力的商人，马夫大街也充盈着不逊于古都中心地带的繁盛气息。

“小姐，您不想买点什么吗？”

手持一束羊皮纸的浅黑色肌肤商人向小忍推销着。看他的样子就好像要从格子门的缝隙中挤进来似的。

小忍最近多少能读懂一些异世界的文字，在她看来上面写的好像是一些诗歌。

“这是库洛温凯鲁年轻时编纂的恋爱诗。写的是长久分离但心灵相通恋人们的恋歌。这个很有价值的，非常适合小姐您这样年轻的女性阅读。”

“那个……可是……”

一只手从犹犹豫豫的小忍背后伸了出来，一把将羊皮纸抓在手中。

“喂，这位老先生！你要做什么？！”

“真不巧啊。我年轻时就没写过什么恋爱诗。所以忽然很想看看到底外面流传的都是些什么诗？”

审视羊皮纸内容的，正是库洛温凯鲁本人。

推销的商人似乎认出了他，呆呆地说不出话。他怎么也想不到自己竟会在如此偏僻的无名酒馆遇到如此著名的吟游诗人。

“嗯……这算是低劣的伪作吧。作假的话多少应该学习一下诗歌的形式才好。不过，羊皮纸的质量与我常用的倒是极为相似。只有这点值得表扬。希望你以后能多写些质量高的仿诗。”

说完，库洛温凯鲁便将羊皮纸塞还给了商人。而对方一言未发，默默地消失在了人潮之中。

“连句谢谢都没说……是不是应该教训你一下呢？”

老吟游诗人最终还是没有忍住笑了出来。除他之外，“居酒屋阿信”店内还有几位初次光临的客人正在用餐。

“小忍，别再看外面了，过来帮把手！”

“好的！”

阿信从刚才开始就一直忙于土豆炖肉的准备工作，此外还要为其他料理装盘。

坐在柜台前的是前任皇帝陛下与约翰·古斯塔夫。此外还有希尔德加德与她的夫婿马克斯米利亚亲王。四位客人各自正围着小锅享受着浇汁汤豆腐。

马克斯米利亚比希尔德加德小一岁，这次与作为前任皇帝陛下的祖父一起用餐。

他在开始时非常紧张，不过在妻子希尔德加德对自己的用餐方式稍加指导后，这位年轻的夫婿便轻松起来，愉快地享受着浇汁汤豆腐。

“瞧瞧你，马克斯米利亚，嘴角都脏了。”

“啊啊，谢谢你，希尔德。”

比自己年长的妻子为自己擦拭着嘴角，夫妻两人又都是如此年轻，怎不令人会心一笑。

“你的侄女真是个不错的姑娘啊，约翰·古斯塔夫。”

“还是有幸继承了伯父的血脉。”

约翰·古斯塔夫带着些许醉意答道。今天他的宠爱对象并非拉格啤酒，而是烧酒。

“看到这夫妻两人，古斯塔夫你是否也要快点敲定终身大事呢？”

“比起我来，还是兄长的事情更为重要。他身为帝国皇帝应该尽快确立皇后。”

“我也跟他说过好几次了。”

按内容来说，两人间进行的只是居酒屋中常见的对话，可对话的人物却是帝国的要人。

小忍脸上露出苦笑，她尽量保证自己在送餐的过程中不会听到什么。

店内已经有一张餐桌被改成了站立可食的方式，可即便是这样，空间依旧狭小。

最初还担心餐桌不能被坐满，可没想到用餐人数如此之多。餐盘次第清空，阿信毫无空余时间。酒也好菜也好，都是一派繁盛景象。

“那么，今后便禁止一切与魔女狩猎有关的事项如何？”

“这样做还算妥当。虽然通过此次魔女狩猎才搞清楚，包括帝国在内的邻近三国根本没什么魔女。”

在店内的一角，一面吃着布丁一面进行商谈的两人分别是红衣主教皮鲁比德哥特与大司教鲁顿利格。

改革派与古典回归派的两位领军人物居然在如此环境下相会，若是教导圣省的人闻知此事，必会有一番骚乱。不过两人此刻似乎已经达成共识。

两派内部都会有过激人员，所以两人决定私下秘密协商。在他们旁边辅助的是英格立顿与艾德温。

与大司教同来的安利格从刚才开始便一直沉迷于茶碗蒸。

艾德温因为有重要公务，所以去圣王国将皮鲁比德哥特请了过来。这样一来，曾在圣王国同桌共事的学僧们在阔别数十年之后再次相聚一堂。现在的气氛，与其说是决定重要公务，不如说是同学会更合适。

“艾德温前辈，您现在还是助祭吗？”

“是啊，英格立顿，我现在还是助祭。若是你想帮助我这个贫苦助祭的话，先把我此前在舞跃马驹酒馆为你付清赊账的钱还给我如何？”

“我现在做药师也只是勉强维持生活啊。您自作主张将赊账付清，现在却又说让我还钱的话，真是令人困惑啊。”

看着自己老师如此隐遁推脱，作为弟子的卡米拉不禁耸了耸肩。

卡米拉手上拿着的食物是章鱼烧。不知何时，她已经与艾珐成了非常好的朋友。两人此刻正将自己与对方手中味噌味道与酱油味道的章鱼烧交换品尝。

英格立顿那个一直希望卡米拉能多交些朋友的愿望，终于实现了。

小忍为了大市悄悄准备了烧制章鱼烧的铁板。而负责此烹饪的，是女佣兵莱昂蒂娜。

虽然是初次上手，可莱昂蒂娜的手法却异常娴熟。

“你制作章鱼烧的手法很熟练啊。”

“诀窍就是手腕的翻转腾挪，与剑术原理相同。不过这个不能用鱿鱼吗？”

莱昂蒂娜此前曾回到自己在东王国的老家，可那里循规蹈矩的生活与她的个性不符。

正想着重操佣兵旧业，便被将要赶赴古都的红衣主教皮鲁比德哥特与艾德温雇用了，并在一路上保卫两人的安全。根据合同莱昂蒂娜需要一直保护两人，所以她打算暂时留在古都。由于怀孕的赫尔米娜腹部逐渐变大，莱昂蒂娜正在与阿信商议由自己顶替代班的事情。

“居酒屋阿信”内，食客们正在享受着各式各样的美食。

除了美食美酒，更有客人高兴的笑脸。

“居酒屋阿信”正是希望看到这一张张满意的面庞，才会一直坚持下来。

“小忍，接下来就拜托了。”

“各位，这是今天的新料理。”

阿信从大锅中盛出来的正是土豆炖肉。千百次的试做，正是为了这一重要时刻。千百次的试做，直到两人双双点头通过为止。与艾珐家的土豆相配合，无论在哪里端出来都会是美味——这便是掌柜的自信。

听到“新料理”三个字后，最先端取食盘的是吟游诗人库洛温凯鲁。

在大快朵颐的一瞬，他的双眼放光，随后三口并作两口地吃了起来。

“很好吃啊。‘出汁’煎鸡蛋卷让我感觉到魔法，而这道土豆炖肉给我更强烈的感觉。”

单手持葡萄酒杯的布兰塔诺也非常喜欢这道土豆炖肉。

他向身边的莱茵霍尔德询问自己领地内种植的土豆是否能做出相同的口味，而对方只是笑了笑，并未回答。

看着土豆炖肉的盘子次第清空，坐在店内一角的新议长马鲁塞鲁喝了口啤酒。

“真是搞不明白到底发生了什么事。诸位王侯贵族千里迢迢来到这里，难道就是为了试吃一下这家酒馆的新料理？”

“这里的料理虽然美味，但你的猜想并不正确啊，马鲁塞鲁先生。”

回应他的是正在吃第三盘土豆炖肉的霍尔格。而马鲁塞鲁则一脸无法相信的表情。

“究竟是什么原因才会出现如此情景呢？”

“好像快开始了吧。”

随着响亮的“啪啪”拍手声音，众人的视线集中于店内深处。

刚刚还喧闹聒噪的酒馆一下子变得安静，身穿传统正装的伊萨库恭谨地向众人行了一礼。

“今天，是我家主人撒库努辛普鲁库侯爵阿鲁努·斯奈夫鲁斯继位前的披露仪式。各位能够不远万里，拨冗出席，我们真是万分感谢。”

开场词刚一结束，身着藏蓝色礼服的阿鲁努便从后面走了出来。他真可谓英姿飒爽，气宇轩昂。

此前浪荡公子的打扮如同虚幻般消失不见，此刻的他怎么看都是贵族公子的模样。

阿鲁努带着凛凛的表情环视了一下在座诸位，随后用近乎完美的仪态行上一礼。

“今天承蒙各位赏光。我，撒库努辛普鲁库侯爵阿鲁努·斯奈夫鲁斯，以神、女神与太阳恩宠之故，得名阿鲁努十五世。”

冗长的名号脱口而出，毫无停顿，这也是他作为吟游诗人历练的结果吧。

皮鲁比德哥特作为红衣主教对侯爵致以祝词，艾德温就是为此才特意将他带来的吧。

前任皇帝陛下率先鼓掌，随后众人跟上。小忍用手肘碰了一下阿信问道：

“掌柜，侯爵有多大啊？”

“虽然不知道这边的世界与那边的是否相同，不过侯爵是在男爵、子爵、伯爵之上啊。”

“那样的话，阿鲁努先生应该很了不起。不过成了侯爵后他就不能再来了吧？”

“这个怎么说呢？听说他被家中老父痛扁了一顿。”

先代侯爵对一度甩下工作的阿鲁努极为生气。

由于严重的腰痛，先代已经无法继续处理公务。所以即便阿鲁努不打算接班，先代也想以大市为契机强迫他继承爵位。若由红衣主教主持继位仪式的话，倔强的阿鲁努无论如何都会低头，进而重新考虑自己的决定，这就是先代的想法。

虽然考虑周全，可没想到阿鲁努自己决定继承爵位，这令先代喜出望外，而委托熟识的艾德温将红衣主教皮鲁比德哥特找来，也算没有白费心思。

“要是阿鲁努先生能成为一名优秀的侯爵就好了。”

“我觉得一定会的。”

“好的！”

听到某位客人要求续杯，小忍愉快地回应。

按照约定，在披露仪式结束后，大锅中的土豆炖肉便会免费供应。

试吃会已经邀请了卫兵队的诸位及其他熟客，此外还有艾珐的弟弟妹妹们。如此美味的料理，一定会获得极大人气。

食材及烹饪费用全部由阿鲁努承担。这也算是一次向近邻国商人展示撒库努辛普鲁库领地内美味土豆的公关活动。

据伊萨库所言，阿鲁努在成为侯爵后的第一件事，就是签发给“居酒屋阿信”付款的书面凭证。

因缘相会，然后再带来新的邂逅。

小忍暗忖：虽然是在此处开店，但只要能为古都居民提供些许幸福便已满足。

由于不可思议之力而在古都中经营店铺，已经一年了。

如此短的时间内便为如此众多的客人提供了服务，小忍也好，阿信也好，都惊喜无比。

“来年也能像这样迎接大市就好了。”

“希望来年能搞得更热闹些。”

前门的大街上，传来了祈祷丰年的古老祭文的诵读声。

夜宴未央。

深夜里的速食炒面

最高级的调味料是什么？

从古至今，这个问题不知已经让多少人烦恼痛苦。

“盐”的语源是“工资”，而胡椒是驱动欧罗巴人开创大航海时代的基本动力。

有人说那些都是劣质品，真正的调味料在每个人的记忆之中，只有母亲做的味道才是最高级的调味料。

还有人说，肚子饿了才是终极调味料。

出身于京都老字号饭店、因继承了祖代相传“神之舌”技能而倍受好评的小忍却有不同的看法。

“最高级的调味料是‘背德感’。”

寂静的夜晚，只有水壶中响起的“噗噗”沸腾之音充盈店内。水壶中的水量并不太多。

若是制作速食炒面，是不必用太多开水的。

“不就是晚上吃个炒面吗？为何自己竟会如此激动……”

身着睡衣的小忍深夜染指如此背德之恶行，自有其理由。

原因就是，章鱼烧。

自从莱茵霍尔德用壶将活章鱼运到古都之后，古都便刮起了一阵“章鱼旋风”。

活力满满的章鱼或煮或烤，无论哪种做法都美味异常。

不仅如此，章鱼还成了古都居民餐桌上一道味道独特的料理。

居民们在日常闲聊中相互交流制作章鱼的烹饪技法，从切片生食直到煮炖等等，一时间很多章鱼料理都被称为绝品。

而小忍却按捺不住内心的想法——章鱼的话，还是做那个合适。

小忍出身的京都属关西地区。

虽然比不上每隔一百米便会遇到一个章鱼烧摊子的大阪梅田，或是同一条小巷内坐落着相对而视的各种章鱼烧店铺的大阪难波，但住在京都的居民在章鱼一条街上也都能找到自己的专属店铺。

在大市的时候，作为脆皮章鱼烧粉丝的小忍，瞒着阿信悄悄将章鱼烧铁板搬到了“居酒屋阿信”，并且用铁板制作的章鱼烧获得了广泛好评。

可这也附带产生了很多问题。

大家都将食用章鱼的注意力集中到了章鱼烧身上。

这并不是值得高兴的事情。

霍尔格在很短的时间内便仿制出了小忍的章鱼烧铁板并在古都出售，用仿制铁板制作的章鱼烧迅速形成脆皮派，软糯派等各种不同流派，各派之间你攻我伐，各方势力在章鱼烧这片战场上打得不亦乐乎。

当然，小忍正面应战。由于一向坚信脆皮派的章鱼烧才是至高享受，她将阿信中意的软糯派与艾珐中意的御好烧甩在身后，使脆皮派章鱼烧在市场大热。

这一来，自己忙得甚至连吃员工餐的时间都没有。

拖着疲惫身体回到房间的小忍匆匆冲了个澡。已经饿得迷迷糊糊的她这时才注意到已经是深夜了。

这样的话，就没办法了。

平日在这个时间吃速食炒面是不能想象的事情，可此刻肚子在可爱地鸣叫。

那就吃上一顿吧！

将水开锅的时间计算好之后，将煎锅放上油，打入两个鸡蛋，随后立刻盖上锅盖，等待蛋白凝固成形。看到蛋白开始成形时便将火熄灭，之后用余温继续使其凝固就好，并不需要太多热量。

小忍将事前准备好的炒面注入热水。

随“啪嗒啪嗒啪嗒”之声音而起的，是诱人的香气。

两者将食欲煽动了到最高点。

她在等待的过程中将青海苔与红姜准备停当。

小袋的青海苔作为调料确实美味，就是量有些不足。红姜片放得太多会降低层次，不过放入适量红姜的料理会有质的变化。

做好了。

在还有二十秒就到三分钟的时候，小忍便开始动作了。再怎么说倒汤也会需要些时间。

长年积累的经验使小忍能够掌握放入青海苔与红姜的最佳时间。根据季节的不同，时间点也会不同，刚才便是秋天的时间点。

小忍小心翼翼地将热水倒掉。水槽内响起阵阵水流之声。

她麻利地混入酱汁，将温泉蛋放置其上。

一面说着“我开动了”，小忍一面又开荷包蛋的蛋黄。

将“啪嗒”一下溢出来的蛋黄送入口中，小忍细细品味。

好吃，太好吃了。

放入青海苔与红姜，这样做既可以避免料理色彩太过单调，又可以让味道有更多变化。

酱汁与面条，再加上鸡蛋。多么的奢侈，多么的享受。

饭店千金沉迷于这样廉价的美食真的好吗？

真的好啊！

小忍风卷残云般享受着盘中炒面，最后一口面条与剩下的一个完整蛋黄一道送入口中。

黏黏的蛋黄用舌头一压，伴着最后一口炒面顺喉咙而下。

品味这道美食不光是用舌头，还要用喉咙。

这才是速食炒面的极致。

小忍一面满意地抚摸着腹部，一面往杯中倒入矿泉水。

明天阿信将会带着土豆炖肉拜访幸纲饭店。

若那道菜能够获得好评，作为料理人的阿信也算是越过了一座山峰吧。

不知为何心中生出欢喜，小忍的嘴角微微上翘，笑了起来。

结束了自己的背德之餐，小忍坐在梳妆台前。

炒面虽然美味，但容易弄脏嘴角的青海苔却是少女的天敌。

饭后甜点柚子果子露

将刚刚采摘下来的柚子放在削皮器中一戳，店中便弥漫着清爽的香气。

大市结束后，古都冬天的感觉更冷了。降雨减少，降雪多了起来。黎明之前，常常会有降霜的情况出现。即便活跃如古都之人，也会将门窗关闭，为抵御寒冬做准备。

“啪嗒啪嗒”，水壶中水已烧开的水在沸腾中喷发着蒸汽。

虽然已经很久没有做过柚子果子露，可小忍的手法依旧娴熟。

大市刚刚结束，贝特霍尔德便过来相商，说是赫尔米娜最近食欲骤减，虽然酸的食物和不含油脂的食物还能多少吃些，可身边并没有怀孕生子经验的过来人指导。因此两人忧心忡忡。

在与阿信商谈之后，店里便为赫尔米娜做了许多容易入口的食物，今天要做的是柚子果子露。夫妻两人约定马上便会登门拜访。

为赫尔米娜准备的柚子果子露已经完成，现在制作的是为夜间的客人们所准备的。

在溶入砂糖的热水中加入大量柚子果汁与捣烂的柚子皮。

在幸纲时代，这道料理是作为时令甜点推出的。

自从特制布丁推出以来，饭后想要吃甜食的客人日渐增多。

若是制作成功，便想将这道柚子果子露作为冬季专属料理。

“……好香啊。”

突然出现的是阿鲁努，他正是被这香气吸引而来。

在正式就任侯爵后，阿鲁努也会不时光顾，品尝一下天妇罗或当日推荐菜品。

“这样好吗？您又偷偷跑出来。”

“视察临近友好城市也是领主非常重要的工作。更何况我今天还有事要找参事会。”

在撒库努辛普鲁库侯爵领中所收获的作物很大部分都在古都被消费。对阿鲁努来说，古都居民便是自己最大的客户。

“不过，汉斯君，你现在的技艺也是越来越熟练了。当初知道你辞去卫兵队职务时我还想问问你是否愿意来侯爵家工作呢。”

“非常感谢，您的心意我领了。”

悄悄地从卫兵队辞了职的汉斯，此刻正以自己开店为目标在店内进行学习。在阿信腾不开手的时候，他会做些诸如削皮切菜之类的杂务。不过这位曾经的卫兵同时也会为自己可以“偷师”阿信的料理而兴奋不已。

在幸纲工作时，阿信也曾经教导过后辈学员，事隔经年之后再次遇到如此有潜力的弟子，阿信决定从基本功开始向汉斯教授烹饪技巧。

“您想吃点什么？”

被小忍这么一问，阿鲁努轻轻地摇了摇头。

“今天就不麻烦店里了。别看我好像在闲逛，其实作为侯爵分外繁忙。”

阿鲁努转身后挥了挥手便离开了。

虽然他做浪荡公子时也是魅力四射，可此刻的身姿看起来充满活力。

现在的状态才更适合他吧。

“刚才有谁来过了吗？”

前脚客人刚从前门离开，后脚阿信便从后门进入店中。他今天身着平日少见的生活服装，手里提着一个包裹。

“是阿鲁努先生，说是在视察古都。”

“还想让他帮着试吃一下柚子果子露呢。”

“他好像很忙的样子。”

“是吗……”

阿信说着，开始检查那些汉斯削过皮的土豆。

阿信对神情紧张的汉斯笑了笑，随后取过菜刀自己削了起来。他的手法熟练，削掉的土豆皮要比汉斯的更薄。

“要把土豆的肉留得尽可能多些。无论是蔬菜还是水果，很多都是靠近皮的部分更好吃，所以尽可能地将皮削薄，让顾客能享受到那部分的美味不是更好吗？”

のぶ

“明白！”

阿信此刻的语气，与幸纲的厨师长塔原有点相似。

不过说来也是，阿信外出正是去见的塔原。他想让师傅塔原也尝尝土豆炖肉。

这也正是今日阿信外出的理由。

放在食盒中的土豆炖肉已经充分入味，正处于最适合食用的状态。小忍也自信地表示，即便在饭店推出此道料理也毫不逊色。

“塔原先生怎么说？”

阿信没有回答，只伸出了一个大拇指。看来对方的评价应该很高。

料理的味道可以用四个字来形容——无可挑剔。

“多亏了小忍帮我厘定味道。”

“是多亏了掌柜你的努力。”

作为料理人，阿信已经越过了一座大山。现在的他，内心充盈着安全感。

这份技巧他也会毫无保留地传给汉斯吧。

不经意间忽然感到格子门方向有所异动，小忍扭头一看，门口出现两个身影。

面对门口手牵手的两人，小忍露出了会心的微笑。

“欢迎光临！”

“……欢迎。”

今日的“居酒屋阿信”，仍旧在古都一角挂起了暖帘。